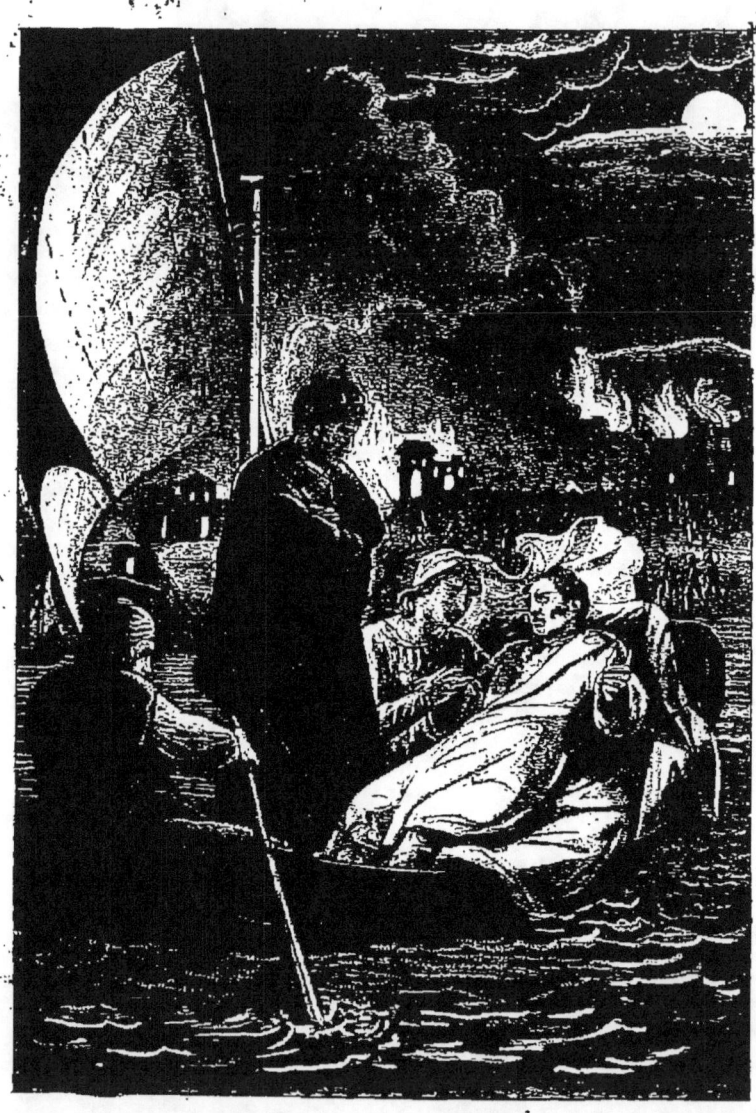

Hélas! l'Infortunée Créole et le Mulâtre n'auront
bientôt plus pour témoins de leur malheur que
la Mer qui les soutient et le Ciel qui les couvre.

LYDIE,

ou

LA CRÉOLE.

Par Madame Adèle DAMINOIS.

N'est-il pas bien simple que les enfans
du même père se traitent en frères
entre eux.
J. J. Rousseau, *Nouv. Héloïse.*

TOME PREMIER.

A PARIS,

CHEZ LETERRIER, LIBRAIRE,

RUE MONTORGUEIL, N°. 57.

1824.

PRÉFACE.

Essayer de mettre en scène un homme qui tient le dernier rang parmi ses semblables, en faire le héros d'un roman, et tenter de le rendre intéressant, était une tâche difficile, et que pourtant j'ai entreprise avec un courage et une persévérance qui n'ont point été pour moi sans douceurs. Un esclave! un mulâtre! s'écriera-t-on en lisant mon ouvrage; est-il possible d'attirer sur un pareil être l'attention des lecteurs délicats, et surtout des lectrices qui, trou-

a

vant avec quelque raison leur
couleur si jolie, ne peuvent voir
sans horreur ceux qui n'ont pas
le bonheur de leur ressembler?
C'est pourtant à elles que je
m'adresse, surtout, pour obtenir
un regard compâtissant, uue
larme de pitié. C'est à un sexe
plein de sensibilité naturelle,
d'entraînement et d'humanité,
que je présente le tableau des
malheurs d'un homme qui a
existé et qui, à ce titre, mérite
cet intérêt que je réclame, lors
même qu'il ne parviendrait point
à plaire, et que personne ne pren-
drait pour lui les yeux et le cœur
de Lydie. Oui, cette jeune créole,
ce mulâtre, ont vécu sous d'autres noms; tous deux victimes

LYDIE,

ou

LA CRÉOLE.

de la prévention , du préjugé ,
ils en ont emporté la peine dans
le tombeau , là où se confon-
dent les rangs , là où expirent
la persécution, la haine, et même
l'amour...

Quelques moralistes ont agité
ces grandes questions, de savoir
s'il appartient à la moitié des
hommes d'asservir l'autre moitié; si la force peut être regardée
comme droit; si enfin nous avons
le pouvoir d'imprimer sur le
front d'un de nos semblables la
marque flétrissante de l'esclavage. La loi naturelle a répondu
sur tous ces points; et ceux qui
l'ont interprétée, l'ont fait dignement en renversant les opinions et les erreurs consacrées

par le temps et par l'ignorance.
L'homme est donc né libre, ont-ils
dit entre autres, son âme est créée
à l'image de la Divinité, et le
corps qu'elle anime doit sentir et
défendre sa dignité. Il ne nous
convient point de mépriser tout
être doué des mêmes avantages
que nous possédons, quel que
soit le ciel qui l'a vu naître, et
quelles que puissent être ses in-
clinations, ses habitudes, la
couleur et la forme de ses traits;
il a reçu avec l'âme le don sacré
de la raison, qui le rend l'égal
de tout mortel qui en sait faire
un noble usage; ses obligations,
comme ses titres, sont les
mêmes, et il ne faut qu'un principe d'équité uni à la simple ré-

flexion, pour qu'il ne nous soit point permis d'en douter. L'aversion que peut causer une couleur qui diffère de la nôtre, peut être invincible pour certaines personnes ; mais, si elle ne vient pas d'une fausse prévention, elle ne nous rendra ni injuste ni cruel ; car c'est être l'un et l'autre, que de ne point reconnaître dans les nègres, dans les mulâtres cette portion d'intelligence que la nature ne leur a point déniée, et dont ils font souvent l'emploi à notre profit. Ne sont-ils pas déjà assez malheureux de se voir l'objet d'une répugnance qui les décourage et les isole au milieu d'une population de blancs? là, tout leur

est refusé. Ils ne connaissent ni
la considération, ni les égards,
ni les douceurs de l'égalité, qui
amènent les plaisirs du cœur.
Beaucoup, cependant, (et les
exemples en sont fréquens) ont
une âme sensible ; ils témoignent
du dévoûment à ceux qui, pour
un peu d'or, ont acheté leur
sang et leur vie ; et quand le sort
les a laissés libres parmi les
hommes civilisés, ils s'y sont
distingués par une intelligence
peu commune. Imitateurs ,
comme le sont tous les humains, ils atteindraient aussi aisément qu'aucun autre aux con-
naissances et aux talens , si leurs
modèles se mettaient plus à
leur portée et se montraient à

eux sous d'autres rapports que sous ceux de l'oppression.

On a souvent parlé de la cruauté des noirs, et déploré les suites de leur vengeance : j'ai frémi comme tout le monde à ces récits ; mais j'ai ouvert les pages de l'histoire, et n'ai point vu que la différence des mœurs tînt précisément à celle de la couleur. L'homme civilisé est profond dans ses moyens de persécution ; celui de la nature satisfait ses passions sans règle et sans mesure ; il ôte la vie à son ennemi, quand l'autre le dégrade, le poursuit dans sa personne, dans sa famille, dans ses biens, et le laisse périr d'une longue mort, pour s'emparer

ensuite de sa mémoire et la
vouer à l'infamie. L'un se croit
roi de la terre, l'autre se sent
attaqué dans ses droits, et souvent destiné à l'asservissement :
il est alors barbare dans sa ré-
volte, et l'on se plaint... Que
les hommes apprennent d'abord
à s'honorer mutuellement, et
l'on verra plus clair dans leur
cause. Mais toutes les fois que
l'on pesera les torts du fort et
du faible, la balance ne pen-
chera point en faveur du premier.

La vérité est une, je le sens
au fond de mon cœur éclairé
par une religion pure, et dégagé
de prévention. Cette vérité,
émanée de l'Éternel, me dit qu'il

y a de la folie et de l'absurdité
à se croire un être privilégié,
parce que l'on possède une peau
rosée et des cheveux longs, et
que les trois quarts du globe
étant peuplés d'hommes de races
nègres, il est probable que cette
majeure partie ne peut point
raisonnablement être vouée au
mépris ni à l'abjection, parce
que quelques Européens le pré-
tendent ainsi.

Ce principe posé, j'ai cherché
à vaincre le préjugé qui domine
surtout en France, et à prouver
par l'exemple, qu'il peut exister
des vertus de premier ordre
chez l'être le plus malheureuse-
ment placé dans le monde sous
tous les rapports. Astolfe n'est

point, je l'ai déjà dit, un personnage d'invention ; mais j'ai
essayé de faire ressortir son beau
caractère, et les situations où il
se trouve dans le cours de cet
ouvrage ont été empruntées à la
fiction.

Jeune, pauvre, abandonné,
esclave par-dessus tout et de
race mulâtre, n'ayant que ses
propres forces pour supporter
son sort, et se trouvant obligé
de lutter sans cesse contre les
préventions de la société qui le
repousse, et contre un amour
qui peut-être n'a rien de com-
parable, Astolfe offrait un sujet
neuf et attachant, qui demandait
à être traité avec délicatesse ; j'en
ai senti la difficulté avant de l'en-

treprendre. Plusieurs personnes,
dans les lumières desquelles j'ai
la plus grande confiance , ne le
croyaient pas praticable, et pourtant je me sentais encouragée par
un sentiment que je ne puis définir
autrement qu'en disant que cet
hommage rendu à un infortuné
vertueux m'inspirait un conten-
tement intérieur et secret ; que je
trouvais la récompense de mon
travail dans la pensée ; qu'il y
avait une sorte de courage à
fournir une exception à des idées
reçues , adoptées généralement ,
et même motivées quelquefois ;
et qu'enfin la vertu ayant en elle-
même quelque chose d'attirant
et de communicatif , il était
peut-être bien d'en offrir une

peinture vraie et hardie, qui
séduisît au moins, si elle ne sub-
jugait pas entièrement.

Ces motifs divers m'ont guidée
dans le plan de cet ouvrage, que
je mets aujourd'hui sous les
yeux de mes amis avec la confiance que produit une bonne
intention. Ce ne serait pas assez
pour le public, qui veut être
amusé ; aussi ai-je fait mes ef-
forts pour joindre quelques détails agréables au sujet prin-
cipal.

Le caractère de la créole a
cette douceur qui approche de
la faiblesse. Cette jeune Lydie
est de celles chez qui toutes les

impressions laissent des traces
d'autant plus profondes qu'elles
arrivent lentement dans leur
cœur , mais aussi n'en sortent
plus. Peut-être quelques femmes , partagées entre un sentiment tendre et des considéra-
tions tyranniques , s'y recon-
naîtront-elles , et ne se refuse-
ront point à accorder des pleurs
à la destinée de celle qui ne sut
qu'aimer et se soumettre. N'est-
ce pas là , en effet , une grande
partie de la vie des femmes ?...
C'est donc à leur indulgence
que je confie et mon but et mon
travail. Une larme d'elles est un
suffrage ; et s'il est cruel de le
désirer , elles me pardonneront

du moins d'avoir cherché à exciter une émotion, qui sera pour
moi une certitude de succès et
un motif d'encouragement.

LYDIE,

ou

LA CRÉOLE.

━━━━━━━

CHAPITRE PREMIER.

La journée avait été brûlante, le ciel était encore couvert de nuages rougeâtres qui semblaient fuir avec le soleil vers son couchant et lui servir de pompeuse escorte ; l'Occident présentait l'aspect d'une mer de feu prête

I.   1

à s'engloutir dans les eaux de l'Atlan-
tique, tandis qu'un air frais et suave
se répandant peu-à-peu sur Saint-Domingue, venait dissiper la langueur
des habitans de cette île, accablés
par la chaleur du jour. L'heure du
repos allait sonner, et les malheureux
esclaves qui peuplent et enrichissent
ces contrées en savouraient d'avance
la douceur. Enfin, l'absence de l'astre
éclatant qui règne encore en maître
aux lieux où jadis il fut adoré, donnait à la nature un air de recueillement qui disposait les âmes à la rêve-
rie, et ce calme bienfaisant était
mieux senti après l'agitation que por-
tent dans le sang les vapeurs enflam-
mées de ce climat.

La jeune Lydie, nouvelle épouse
du comte de Saint-Yves, connue

sous le nom de *la belle Créole*,
avait quitté sa demeure et les riches coussins où elle était restée
étendue jusqu'à l'approche du cré-
puscule ; les tresses de sa longue
chevelure noire étaient relevées négligemment, une robe blanche et
légère enveloppait sa taille élégante,
tandis qu'une écharpe transparente
et de même couleur flottait sur sa
tête et sur ses épaules. Pour mieux
goûter la fraîcheur du soir, et aussi
pour apercevoir de plus loin un vaisseau qu'elle attendait depuis quelque
tems, Lydie s'était rendue au rivage
de la mer qui se trouvait peu éloigné
de son habitation ; là, par un tems
calme, elle aspirait l'haleine des vents
que les flots faiblement heurtés en-
voyaient vers elle. Les femmes qui

1*

l'accompagnaient avaient peine à suivre sa marche inégale et souvent rapide ; elle gravit un rocher dont elle
avait fait le but de ses fréquentes promenades , et en atteignit le sommet
avec une agilité surprenante , surtout
en considérant la délicatesse de ses
formes et la mollesse de son maintien : cependant on eût dit qu'elle
recherchait ces difficultés qui la portaient tout-à-coup dans une région
plus pure, et que son moral en ac-
quérait plus de force ; car Lydie,
debout sur la pointe du rocher, semblait prendre une nature supérieure.
Sa tête se relevait avec noblesse;
dans ses yeux bleus et voilés de paupières noires, se peignait l'enthousiasme le plus saint. Un matelot jeté
sur le roc par l'orage l'eût prise pour

la Patrone à qui il devait la vie,
un Indien pour la fille du Soleil,
tout homme chrétien pour la Vierge
mère de son Dieu ! Lydie n'était
pourtant qu'une simple mortelle ,
belle de son innocence, de ses vertus, élevant ses pensées vers le ciel ,
dont elle n'eût pas craint le courroux dans un jour de tempête.

En ce moment encore elle mesu-
rait avec une douce assurance l'horizon brillant de mille feux et les
vagues qui venaient se briser à ses
pieds ; tout son être respirait le bonheur de sentir de vivre..... et comme
si son âme eût été trop pure pour ce
monde, elle ne cessait de la confier à
celui qui en avait orné la création.

Emue sans doute par le spectacle
majestueux qui s'offrait à elle et par

cette belle fin d'un beau jour, Lydie céda bientôt au charme de la
méditation ; elle pensa au temps de
sa première jeunesse, à la douceur
de son existence présente , à l'incer-
tain avenir, puis au terme où il n'y a
plus.... sur la terre !...... et soupira.
Son regard tranquille se porta vers
le séjour d'immortalité; elle se recueillit davantage et récapitula sa
vie.

Lydie de Gonzalès était d'origine
portugaise , quoique née sous le ciel
d'Amérique; sa mère avait été la
compagne et l'amie de la comtesse de
Saint-Yves : toutes deux mariées dans
le même pays, ayant eu chacune une
fille, quoique à des époques très-éloi-
gnées, se promirent, à la mort de
l'une ou de l'autre, de servir de mère

à celle qui resterait orpheline. Ce fut Lydie, à peine âgée de sept ans, qui la première connut ce malheur (dès sa naissance elle avait perdu son père). Madame de Saint-Yves se trouvait alors en France pour cause de santé; elle espérait retourner bientôt en Amérique et remplir un devoir qu'elle regardait à juste titre comme sacré. En attendant, elle se sépara de sa fille Louisa, qui entrait dans sa ving-tième année, et confia à sa raison précoce le soin de la remplacer près de l'enfant de son amie. Louisa quitta donc Paris pour se rendre à Saint-Domingue sous la conduite de M. de Saint-Yves son frère. Les pos-sessions que cette famille avait en Amérique formaient la plus grande partie de sa fortune. Cependant la mère de M. de Saint-Yves possédait quelques propriétés en France, et ses enfans, quoiqu'ils eussent pour seconde patrie celle où ils étaient nés, se plaisaient toujours à se rappeler leur origine.

La petite Lydie, unique héritière d'une grande fortune, se vit, dès l'enfance, maîtresse souveraine dans une des plus belles habitations de Saint-Domingue, entourée d'esclaves soumis à ses ordres, comblée des attentions de M. de Saint-Yves qui avait été choisi pour son tuteur, et chérie de la spirituelle et bonne Louisa qui, autant par inclination que par obéissance, s'était consacrée à son éducation. Lydie avait donc passé des bras de cette amie dans ceux de l'époux qu'elle avait depuis agréé; ainsi, M. de Saint-Yves, administrateur de ses biens, soutien de ses jeunes années; homme estimable sous tous les rapports, fut encore le protecteur que se donna Lydie pour le reste de ses jours. Il avait, il est vrai, le double de son âge; ses manières graves et son caractère sérieux le vieillissaient même peut-être un peu; mais sous cet extérieur froid il possédait le cœur le plus sensible, et d'ailleurs Lydie, accoutumée à l'admirer, à le consulter, à recevoir ses décisions comme la volonté du ciel, crut ne pouvoir rencontrer nul homme aussi parfait, ni lui en préférer aucun. Cette confiance, qui fut payée du plus tendre retour, trouva sa récompense dans la plus douce union qui fût jamais.

La charmante créole continua de vivre libre, heureuse, adorée. Le seul chagrin qu'elle eût connu depuis la mort de ses parens, fut le départ de l'amie qui l'avait élevée. Louisa, vers cette époque, ayant elle-même perdu sa mère et marié son enfant adoptif, avait accordé sa main à M. d'Elmance, Suisse d'origine, colonel au service de France, et qu'elle avait connu pendant le séjour qu'elle y avait fait. Louisa avait donc suivi son mari où l'appelaient son état et ses devoirs. Cette séparation faisait encore couler les larmes de Lydie : sa peine était récente, et l'espérance seule d'une réunion prochaine l'aidait à la supporter. Tous les vœux de son cœur la portaient maintenant vers la France, où vivait cette amie si chère.

Dans cet instant consacré aux souvenirs, Lydie ne fut point ingrate envers le sort; elle bénit le sien, en se répétant combien il est heureux de posséder à dix-sept ans un mari excellent, une sœur si digne d'être adorée, l'amour des habitans parmi lesquels on a reçu la vie, une fortune assez considérable pour faire beaucoup de bien, et un cœur qui sait en goûter tout le plaisir. Elle remercia Dieu de tant de bienfaits, et s'écria involontairement : Heureuse Lydie ! comment as-tu mérité une existence si exempte de peines, lorsque le monde contient tant d'êtres vertueux qui

souffrent et ne connaissent que les
larmes!—Celles de Lydie vinrent à
cette idée humecter ses longues paupières et lui voiler le spectacle qui
d'abord avait captivé son admiration.
L'attendrissement et la reconnaissance se confondaient dans son âme,
et la laissèrent dans une situation
qui n'était pas sans douceur.

Irma, son esclave favorite, et la
vieille Edite, sa nourrice, craignant
de l'interrompre, étaient restées im-
mobiles à ses côtés; ce fut le jeune
Astolfe qui prit des mains de cette
dernière le mouchoir de sa maîtresse
et le lui présenta; car il avait vu les
pleurs s'échapper de ses yeux et
couler ensuite lentement sur ses
joues.... Cette action ramena la pensée de Lydie vers ceux qui l'entou-

raient; elle se mit à sourire en es-
suyant ses larmes. « Elles sont de
joie ! » dit-elle, comme pour rassurer
Astolfe qui la regardait avec tristesse.

Cette réponse volant au-devant de
l'inquiétude qu'elle avait pu causer,
fut faite d'un son de voix si enfantin
et si doux, qu'elle eût révélé même à
ceux qui n'eussent point connu Lydie combien elle était naturellement
affectueuse et tendre ; mais peut-être
aussi devait-elle compte de ses plaisirs et de ses peines aux êtres qui l'ap-
prochaient , puisque leur dévouement pour sa personne allait jusqu'à
l'idolâtrie. Eh! n'est-ce pas contracter
de grandes obligations que d'être
aimé ainsi?

Astolfe faisait partie de cette race
d'hommes dégénérée, pour ainsi dire,

que les Européens méprisent et que
les nègres eux-mêmes estiment infé-
rieure à la leur : il était mulâtre. Cependant, si la prévention ne s'attachait aveuglément à cette classe malheureuse et ne lui disputait des
droits à la beauté comme à tout
avantage social, on eût accordé au
jeune Astolfe une distinction particulière. Ses traits réguliers avaient
retenu un caractère noble qui ne
rappelait en rien les visages difTor-
mes de l'Afrique, dont en le disait
originaire. Son front était élevé sans
être saillant, ses yeux grands et expressifs ; sa chevelure n'était point
cotonneuse, quoique courte et bou-
clée. Seulement le brun de sa peau et
ses lèvres d'un vermillon terne le
mettaient au rang des hommes de

couleur autrement dits issus d'un sang mêlé et injustement proscrits de la société par nos usages et par nos mœurs. Du reste, Astolfe avait des dents d'ivoire, une stature haute et parfaite dans ses proportions ; son corps était agile et souple, ses mouvemens adroits et gracieux ; il était beau comme Chactas, mais, hélas ! il était esclave !

Il y avait dix ans que, passant à la Martinique, M. de Saint - Yves en avait fait l'acquisition. Astolfe pouvait alors en avoir douze environ. Peu après cette époque, il suivit son maître en Europe et y resta près de la comtesse sa mère ; ce ne fut qu'à la mort de cette dernière et depuis le mariage de Lydie, qu'il vint à Saint-Domingue pour la pre-

mière fois. Pendant ce laps de temps
il survint des circonstances qui donnèrent à juger favorablement du caractère de cet esclave, et, à son
arrivée dans l'île, ce fut à lui que
fut confié le soin d'accompagner Lydie dans les excursions où son mari
ne pouvait la suivre. Le bonheur
de cette épouse chérie était l'objet
constant des pensées de M. de Saint-
Yves; il s'en occupait sans cesse, et
quand il était privé de veiller lui-
même à sa sûreté, de loin encore il
l'entourait de ses prévenances. Tout
se trouvait préparé aux lieux qu'elle
voulait visiter : sa nourrice, ses femmes, formaient son cortége ; Astolfe,
dont le courage était connu de son
maître, servait à rassurer la troupe
errante, qui d'ailleurs ne s'éloignait

jamais beaucoup de Santo.-Domingo,
ville à laquelle touchait l'habitation.

On accusait bien M. de Saint-
Yves de misanthropie, et sa femme
de s'immoler à son penchant; de
riches colons, leurs voisins, qui
s'étaient vainement flattés de voir
leur cercle embelli par la jolie comtesse, murmuraient de la retraite
austère dans laquelle s'écoulait sa vie.
On alla même jusqu'à taxer son mari
de jalousie, d'exigeance, et l'on rappelait qu'elle n'avait pu lui accorder
qu'une préférence peu flatteuse,
parce que les objets de comparaison
avaient été fort rares pour elle. Les
gens qui vivent de bruit et d'os-
tentation pardonnent difficilement
qu'on ose se passer d'eux !... Les deux
époux furent instruits de ces inter-

I.   2

prétations diverses et y demeurèrent indifférens; ils aimaient à jouir avec recueillement de leur bonheur et n'en faisaient juge personne. Bienveillans dans leurs relations sociales, exacts à remplir les devoirs de politesse indispensables, ils parvinrent à se faire honorer de ces voisins un peu exigeans, et ne se lièrent intimement avec aucun d'eux. Lydie avait crû dans la solitude presque comme une plante sauvage au milieu des déserts; elle ne désirait d'autres jouissances que celles qui avaient toujours été à sa portée : c'était un malheureux qu'elle allait chercher au loin et qu'elle soulageait; c'était une grâce à obtenir et qu'elle était sûre de ne jamais solliciter en vain. Quand la douleur avait cessé de

s'offrir à sa vue et que ses consolations étaient distribuées, elle pouvait alors admirer la nature et regarder le ciel.

Ces vertus si simples étaient nées
avec Lydie, la nature l'avait dotée
d'une âme sensible et bienfaisante;
les leçons de la sage Louisa avaient
éclairé sa raison , dirigé ses pensées ,
qu'un sentiment religieux sanctifiait
encore. Aussi était-elle vénérée dans
l'île à l'égal des anges; sa présence
était une faveur, son sourire un bienfait. Astolfe lui - même perdait en
l'approchant une partie de sa mélan-
colie habituelle; il éprouvait l'influence de sa voix harmonieuse qui
avait le pouvoir d'arrêter ses pas,
toujours prêts à le porter là où il espérait éviter la vue des hommes.

2*

Déjà il ne savait plus séparer Lydie de son maître dans l'attachement qu'il leur portait; mais il sentait moins son esclavage près d'elle, parce qu'elle savait faire oublier jusqu'au malheur même.

M. de Saint-Yves était le seul qui connût bien Astolfe; il savait que son silence, son attitude sombre n'annonçaient point une âme froide ni de coupables pensées; que si son regard parcourait l'espace comme par un pénible souvenir, un dévouement sans bornes le ramenait vers son maître, et qu'alors ses actions et jusqu'au moindre de ses mouvemens étaient autant de preuves de zèle et d'amour.

Lorsqu'il lui eut intimé l'ordre de veiller à la sûreté de Lydie en son

absence, Astolfe remplit ce devoir
avec la fidélité qui le caractérisait,
et pour la première fois il fut près de
s'enorgueillir de sa condition... Ses
yeux suivaient pour ainsi dire la
pensée de sa belle maîtresse et la pré-
venaient souvent. Il se couchait à
terre lorsqu'il la voyait cotoyer un
endroit dangereux, comme pour lui
faire un rempart de son corps. Tantôt on le voyait écarter de son chemin les pierres aiguës qui auraient
pu blesser ses pieds délicats; d'autres fois il savait éloigner l'oiseau de
mauvais augure, découvrir le signe
précurseur de l'orage; et si Lydie
s'abandonnait au sommeil, comme
Astolfe cherchait alors la trace du serpent pour la préserver de cette funeste rencontre ! Il eût voulu dans

cet instant commander aux élémens, présider à ses songes et devenir pour elle une seconde Providence! Bientôt, par une obéissance qui eut toute la douceur du dévouement, le mulâtre esclave devint le génie protecteur de la douce et quelquefois imprudente créole. Elle convenait que souvent elle devait la fuite d'un danger à sa vigilance; alors M. de Saint-Yves se plaignait doucement qu'elle la rendît nécessaire, puis il l'embrassait, en continuant de recommander à Astolfe ce qu'il avait de plus cher au monde. Lydie promettait plus de prudence, et cependant chaque jour amenait pour eux de nouveaux sujets de plaintes et d'encouragement.

Dans cette dernière soirée, M. de

Saint-Yves vint rejoindre sa jeune
épouse : un vent d'ouest s'était
élevé, il pouvait devenir plus vio-
lent, et sa sollicitude pour elle
l'avait entraîné sur ses pas, il la ramena donc à l'habitation. Dans cet
intervalle, l'air redevint calme et
serein, et tous deux se reposant à
leur retour sous un berceau de platanes, continuèrent à causer en attendant la nuit. Astolfe s'assit aussi
à quelque distance, la tête penchée
sur sa poitrine, les bras croisés, et
prêt à répondre au moindre appel
de son maître.

Lydie fit part à son époux de
toutes les sensations qui avaient
agité son âme depuis quelques heures ; elle lui rendit compte, même
de ses larmes, parla de sa chère

Louisa et de la joie qu'elle éprouverait à la revoir lors de leur premier voyage en France.

Déjà pourtant l'horizon de ce pays inconnu à Lydie s'obscurcissait; des nouvelles alarmantes étaient parvenues à Saint-Domingue et annonçaient les commenceméns de cette révolution terrible qui éclata depuis à la vue du monde entier et qui l'effraya de ses horreurs. L'espoir toutefois existait encore au-delà des mers quand il était exilé de la France; et trompé par les distances, on croyait au retour de la paix, lorsqu'elle était perdue pour les habitans de cette contrée, devenue malheureuse, et que Lydie se peignait encore si brillante et si prospère! Ses questions ingénues sur ce sujet fai-

saient sourire et plus souvent soupirer M. de Saint-Yves ; elles offraient un assemblage d'inexpérience
et de réflexion, qui montrait à la fois
la femme jeune et spirituelle ; de la
candeur, beaucoup de crédulité, tout
ce qui tient à l'ignorance du monde
et à une intelligence au-dessus de
l'ordinaire ; enfin, l'on trouvait en
elle les grâces de l'enfance unies
aux sentimens élevés ; et sa physionomie, qui exprimait fidèlement
ces nuances imperceptibles, rendait Lydie aussi intéressante que
jolie.

Qu'il était doux pour M. de Saint-
Yves de se reposer près de ce cœur
naïf et tendre ! A peine au milieu
de sa carrière, il n'avait plus qu'un
désir à former, celui de vivre long-

temps pour embellir et charmer les
jours de son amie !......... Ah !
qui n'eût envié sa destinée, si l'idée
du bonheur sur la terre n'en-
traînait avec elle quelque chose
de fugitif, qui laisse pénétrer la
crainte au milieu de l'enchante-
ment même.

CHAPITRE II.

―――

C'est donc un bien beau pays
que celui de ma Louisa? répétait
Lydie. Cent fois elle avait fait cette
question ; et comme elle rappelait
à M. de Saint-Yves le sol natal et
la patrie qu'il chérissait, il ne se
lassait pas d'y répondre. Oui, lui
disait-il, tout favorise cette déli-
cieuse contrée ; le soleil semble y
ménager ses rayons pour conserver
aux champs leur verdure, aux arbres leur fraîcheur. Nulle part la

3*

nature ne se montre aussi riche,
aussi fertile ; elle y est embellie
par l'art , qui rivalise et se confond
partout avec elle.

—Et les institutions y rendent-elles
heureux les habitans de cette terre si
protégée ?

— Elles s'unissent aux lois pour le
bonheur du peuple. Respectées par
le chef de l'État , perfectionnées par
l'expérience des siècles et les vastes
conceptions des sages qui ont illus-
tré la France ; s'il existe quelques
abus dans la forme de son gouver-
nement actuel , c'est que partout
où se trouvent des êtres créés ,
l'erreur se rencontre près des lumières ; l'imperfection, le doute,
près des grandes vérités ; mais
l'honneur équivaut à la vertu chez

cette nation longtemps chevale-
resque ; il y produit encore des
héros, et l'exécution des lois est
facile sur la terre de l'honneur.

M. de Saint Yves parlait avec un
feu qui ne lui était pas ordinaire,
et l'on voyait que l'orgueil national,
le seul pardonnable peut - être !
animait son esprit et son cœur.
Lydie partageait cet enthousiasme
et continuait à s'instruire avec une
vive curiosité des mœurs et des
usages d'un pays qu'elle brûlait de
visiter.

— Ne vous ai - je pas entendu dire
(demanda-t-elle entre autres choses
à son mari) que les esclaves de votre
patrie sont jugés par une puissance
supérieure, et non par leurs maîtres,
comme ils le sont ici ?

— Des esclaves! reprit M. de Saint-Yves, ce nom est inconnu aux lieux où je suis né; l'habitude, Lydie, a pu vous rendre cette expression et l'idée qu'elle présente familières : l'une et l'autre révolteraient en France. La servitude y est volontaire; le pauvre, protégé par une loi commune pour tous; et, je l'affirme avec orgueil, la France est un pays libre où le nom d'homme conserve toute sa dignité.

— Si vos paroles n'étaient la règle de mes sentimens, répliqua la belle créole, j'aurais peine à concevoir cette sorte d'égalité; mais, en me paraissant chimérique, elle m'offre une idée séduisante...Oui, je veux, comme vous, aimer tout ce qui respire, et croire les hommes frères...

—C'est Dieu qui a prononcé cet arrêt équitable , dit encore M. de Saint-Yves ; il devrait être respecté de l'univers , puisqu'il est peuplé d'êtres enfans du même père, tous égaux devant leur Créateur.

— Ah ! mon ami, s'écria la jeune femme, pourquoi ce principe, que la raison et l'humanité devraient adopter , est-il méconnu parmi nous? Cet aveuglement , ou plutôt cet oubli , est une injure faite aux droits naturels que tout homme apporte en naissant. Oui, tout me le dit, elle doit être vengée..... O Lydie! continua M. de Saint-Yves avec émotion, le monde s'éclaire, le voile de la crédulité se déchire ; ceux qui, pendant des siècles, ont supporté l'oppression en silence , voudront à la fin résister et se défendre... Puisse cet audacieux effort n'être point suivi de mille maux ! ! !.....

Sa voix était altérée et comme prophétique en prononçant ces dernières paroles ; on eût dit qu'il lisait une page effrayante de l'avenir , et qu'un sinistre pressentiment s'emparait de lui. Il pressa la main de Lydie contre son cœur, et changea de conversation, en ajoutant que celle-ci exigeait des développemens qui lui étaient interdits par la prudence ; et indiquant les esclaves dont ils étaient entourés, il lui dit à demi-voix :

—Gardons-nous bien d'éclairer ces pauvres noirs sur une position qu'ils trouvent encore supportable ; et puisqu'ils ne tentent point encore de secouer le joug et de changer leur sort, tâchons d'éloigner cette crise terrible en les traitant avec toute la douceur que commandent d'ailleurs la justice et l'humanité.

— Eh! n'êtes-vous pas le père de vos esclaves? répliqua Lydie, étonnée de cette espèce de prédiction aussi nouvelle que singulière pour elle. Ne sont-ils pas heureux? ou s'ils ont (comme il n'est que trop vrai pour la plupart) perdu les plaisirs de la liberté et la vue du ciel qui les vit naître, ils ont trouvé près de vous cette douce pitié qui console....

— Mais qui ne dédommage point, interrompit M. de Saint-Yves; au reste, dit-il, je cherche à remplir ma tâche près de mes semblables, et, je l'avoue, ceux de ces pauvres gens qui, dans leur abjection, me montrent quelques vertus, sont placés dans mon cœur au rang d'amis infortunés.

—Aussi vous bénissent-ils !.... Puis elle ajouta : le fier Astolfe lui-même n'a-t-il pas refusé la liberté que vous vouliez lui rendre ?....

— Sans doute, répondit aussitôt le mulâtre qui, entendant prononcer son nom, s'était rapproché des deux époux, je n'ai point accepté un bienfait qui fût devenu cruel pour moi ! votre respectable mère, ma chère et bonne maîtresse est là haut maintenant, dit-il (en montrant le ciel); eh ! qui m'eût aimé sur la terre, si je n'étais revenu chercher mon premier bienfaiteur !....

A cet élan inattendu, qui surprit d'autant plus Lydie qu'elle n'avait

jamais entendu Astolfe parler avec
cette véhémence, elle se sentit touchée jusqu'au fond de l'âme, et semblait attendre avec anxiété la réponse
de son mari ; il la comprit. Astolfe,
dit-il, a mérité par une vie sans reproche et un dévoûment sans bornes
de rentrer libre dans le sein de la
société, qu'il honorera, je l'espère, et
sur cela le passé me répond de l'avenir..... En paraissant accepter le sacrifice qu'il a voulu me faire, je n'ai
toutefois rien changé à mes projets,
seulement j'en ai différé l'exécution.
La haîne est près de l'envie ! En ré-
compensant Astolfe, je dois craindre
de le livrer au ressentiment de ses
anciens compagnons d'infortune, et
il entre dans mon plan d'en prévenir
les effets. Voilà le motif de ma con-

duite ; quelques jours encore et j'aurai
assuré l'indépendance comme la sûreté de celui que ma mère me re-
commanda en mourant , et son
bonheur est devenu l'objet d'un devoir pour moi.

Pendant cette explication , Astolfe s'était précipité aux genoux
de son maître ; il s'attachait à ses
vêtemens et les baisait avec ardeur ,
tandis que sa voix entrecoupée ne
laissait entendre que ces mots :

— A vous toujours, ô mon cher
maître ! jusqu'à la mort !...

Lydie, trop émue, ne pouvait parler , et quelques instans de silence
suivirent cette scène attendrissante.
M. de Saint - Yves le rompit en
s'étendant davantage sur les raisons
qui le portaient à mettre cette pru-

dence dans ses actions. Il cita plusieurs traits d'une vengeance atroce
exercée par les noirs sur quelques-
uns de leurs camarades qui avaient
obtenu des grâces ou des faveurs
qu'ils ambitionnaient.

Il est à remarquer, dit-il, que les
hommes de couleur passent subite-
ment d'une stupide insouciance aux
fureurs des passions les plus vio-
lentes; que ces caractères, soumis
en apparence par l'asservissement,
reprennent leur première nature
lorsqu'une occasion les irrite au-
delà de toute mesure : ils se montrent alors indomptables ; quelque
chose de sauvage se joint à l'abru-
tissement où ils sont tombés par
suite de leur esclavage, et les rend
cruels jusqu'à la férocité. Il ter-

mina cette dissertation par quelques
remarques générales sur les nègres,
considérés dans leur état naturel et
primitif , ensuite dans leurs rapports avec l'homme civilisé qui les
opprime , et en conclut que la plus
grande partie de leurs défauts tenait à leur vile et ignominieuse destinée.

Lydie en prit occasion d'exalter
davantage le mérite de celui qui
du sein de l'obscurité s'était élevé
au niveau des hommes vertueux
que le rang et l'éducation avaient
favorisés. Elle témoigna le désir de
connaître tout ce qui avait rapport
au jeune Astolfe, et l'histoire entière de sa vie, dont elle ne connaissait que les traits principaux.
M. de Saint-Ives engagea le mu-

lâtre à satisfaire la curiosité bienveil-
lante de Lydie et à rappeler dans
sa mémoire les souvenirs de ses
premières années. Cette invitation
était un ordre pour Astolfe ; il allait
s'y soumettre avec empressement,
lorsqu'on s'aperçut que la nuit
s'avançait , et le récit attendu fut
remis au lendemain.

CHAPITRE III.

—

Les époux se réunirent à l'heure
de la collation, qui fut servie sous
le même berceau où ils s'étaient
reposés la veille : cette place, pré-
férée à toute autre par Lydie, char-
mait à la fois ses yeux et son cœur.
Les branches enlacées des platanes
épais rendaient ce séjour impéné-
trable aux rayons du soleil, des
bancs artistement travaillés, des
tapis de mousse, la beauté du feuillage, le parfum des plantes, la

suavité de l'air, un ruisseau qui
coulait à peu de distance, et dont
la chute apportait à l'oreille un
bruit doux et régulier, tout rendait délicieux le *berceau de Lydie;*
il n'avait point d'autre nom : les
arbres en avaient crû avec elle,
plusieurs avaient été plantés par
ses mains enfantines ; c'est là que
dans les bras de sa nourrice elle
avait essayé ses premiers pas, ses
premières chansons ; c'est là encore qu'elle avait souvent recueilli
de la bouche de Louisa les tendres
leçons qui formèrent sa jeunesse ;
elle y revenait maintenant avec
son époux, pour y parler de son
bonheur.

Heureux! dit en y entrant M. de
Saint-Yves, qui peut, comme toi, re-

trouver dans un coin de la terre tous ses souvenirs...... et qui n'a rien à y oublier !

Lydie se mit à sourire innocemment. Elle entendait bien le langage de la réflexion et de l'expérience ; mais il passait légèrement sur son âme, qui n'avait point connu la peine. Impatiente, comme les enfans, d'apprendre quelque chose de nouveau, elle cherchait des yeux Astolfe, et fut satisfaite lorsqu'il parut. Les autres esclaves s'étaient retirés, il resta seul. Obéissant à un signe de son maître, il s'assit sur le tapis qui recevait les pieds de Lydie ; là, il recueillit sa pensée, et d'un ton timide commença son histoire en ces termes :

« Je sais peu sur ma naissance ; cependant je suis presque certain

d'avoir connu ma mère. Elle était
blanche, d'une très-haute taille, belle
à mes yeux, quoiqu'ils fussent à peine
ouverts à l'époque dont je parle.
Lorsque je cherche à me la repré-
senter, elle m'apparaît dans une brillante parure; des pierres précieuses
ornent son sein, ses bras; des fleurs
et des plumes éclatantes par leurs
diverses couleurs couronnent sa tête.
Ses baisers et ses larmes lorsqu'il
m'arrivait de souffrir, me disent encore mieux que tout le reste que c'est
elle qui m'a donné la vie; elle seule
aussi m'a laissé son image dans le cœur,
elle y est encore fidèlement.

Ce n'est point Astolfe qu'elle me
nommait, le mot qui formait alors
mon nom était plus sonore, plus doux;
quand ma mère s'en servait en m'ap-

pelant, il résonnait délicieusement à
mon oreille et semblait la caresser
comme le fait une parole de ce qu'on
aime. Cette inflexion de voix pénétre-
rait encore mon cœur si je pouvais
l'entendre. Ah! pourquoi n'arrive-t-
elle jamais jusqu'à moi! Cependant je
crois que si quelqu'un prononçait le
nom de *Zéliore*, je répondrais involontairement à cet appel ; peut-être
aussi me tromperais-je? Tout est fugitif dans les premiers temps de la
vie ; et d'ailleurs la souffrance a terni,
puis effacé mes beaux souvenirs.

Un homme au teint cuivré, à l'air
martial, paraissait régner en maître
souverain aux lieux qu'habitait celle
que je nomme ma mère, son attitude
était imposante et farouche, il me
causait quelque peur; toutefois j'ai-

mais le bruit qui annonçait sa présence ; il était produit, si je ne me trompe, par une musique guerrière, accompagnée de chants victorieux. J'ignore quel était cet homme, dont tout annonçait la puissance, et si j'étais son fils, car je le voyais rarement, et même alors on m'éloignait peu après son arrivée.

Mon sort était digne d'envie, si j'en puis juger par les soins dont j'étais l'objet et les complaisances du grand nombre de femmes qui s'occupaient de moi. Les unes me balançaient sur des rameaux flexibles, d'autres me berçaient au bruit des ondes, ou apaisaient mes cris par la vue de coquillages brillans ou par la possession des fruits les plus suaves.

Mon imagination me rend ces cir-

constances présentes ; elle me montre
encore les choses dont je parle, telles
que je les ai vues.... Mes souvenirs,
semblables à un rêve capricieux et
fantasque, m'étonnent, me confon-
dent, et cependant cette représenta-
tion constante des mêmes images leur
donne pour moi tout le charme de la
réalité.

J'étais frappé des objets extérieurs,
tandis que le reste m'échappait entièrement ; j'ignore donc ce qui se
passait hors de l'enceinte où s'écoulaient mes jours, ainsi que la cause du
changement qui s'opéra dans ma situation : une nuit seulement, un bruit
sourd interrompit mon sommeil ; j'en-
tendis un cri aigu, puis tout-à-coup je
me sentis baigné de pleurs, qui brû-
lèrent mes joues et mon front ; un

silence profond succéda bientôt à cette
agitation que je ne partageais pas. On
m'enleva de mon lit au milieu des ténè-
bres, et quand la lumière revint, elle
ne me montra plus les lieux que j'aimais, ni les visages si doux qui sou-
riaient à mon réveil.

Je me trouvai dans les mains d'un
étranger dont l'aspect lugubre et l'air
glacial m'épouvantèrent. Une robe de
couleur noire formait son costume; il
était accompagné de plusieurs hommes
vêtus comme lui et qui lui ressem-
blaient aussi par les manières. Le langage dont il se servait, et que je ne
comprenais pas, produisit une impression pénible dans mon jeune cerveau, et je me rappelle qu'ayant quelquefois entendu parler de bêtes fé-
roces, je crus avec la simplicité de

mon âge que j'étais au pouvoir de quelques-uns de ces monstres, et mes cris annonçaient mon effroi.

Hélas ! je ne m'étais guère abusé ! Il était trop vrai que tout ce qui avait charmé mes yeux et mon cœur s'était évanoui comme une ombre, avait disparu pour jamais, et que ceux qui m'avaient enlevé à ce bonheur étaient plus cruels que les monstres dont je me formais une si imparfaite idée.

Je rapporte chacune de mes impressions telles que je les ai ressenties au moment où les circonstances les firent naître en moi ; le temps et la réflexion m'ont appris à en expliquer quelques-unes ; pour les autres, je suis resté dans la même ignorance, et ne pouvant rendre raison de toutes, je préfère peindre mes sensations ; elles me tromperont peut-être moins que les conjectures que j'ai pu former, et seront interprétées mieux sans doute que je ne puis le faire. Je poursuis donc :

« Une maison voguant sur les eaux me reçut. Il me semble que j'aura s pu y compter beaucoup de jours, après lesquels nous débarquâmes sûr une terre peuplée de blancs. Peu à peu je m'accoutumai à l'étranger dont j'ai donné une description superficielle. Les soins qu'il me rendait m'habituèrent à le voir sans frayeur, mais non sans répugnance. Il m'apprit à prononcer quelques mots européens que j'ai maintenant tout-à-fait oubliés. Le premier il me parla de Dieu ! cette bouche impie m'apprit à l'adorer, et je l'adore pourtant !.....

I.   5

» C'est ainsi que j'ai été arraché à
ma mère, à ma patrie, et que j'ignore
dans quels lieux de la terre je pourrais
les retrouver. On me laissa dans la
même ignorance sur ma destinée. Le
bouleversement qu'elle avait éprouvé
déjà eut un motif qui resta toujours
enveloppé d'un profond mystère. Je
me trouvai dépendant, comme depuis
je fus esclave, sans avoir connu mes
droits, et trop jeune d'ailleurs pour
les défendre ou les réclamer.

» Ce fut après une cérémonie pompeuse et singulière que l'on ne
m'appela plus qu'*Astolfe*, nom que
je conserve encore, quoiqu'il ait pour
ainsi dire signalé mon infortune, mais
que la religion m'a prescrit d'honorer,
puisque, suivant les apparences, il
me fut conféré avec le baptême.

» A cette époque à peu près j'entrevis beaucoup de monde, puis je fus renfermé de nouveau. Les femmes paraissaient exclues du triste séjour que l'on me fit habiter ; là, on était privé de l'air libre, de la vue pleine et entière du ciel. Les flots changeans de la mer qui avaient amusé mes yeux, même depuis mes jours de malheur, ne se montraient plus qu'à une distance immense, et comme un point dans l'univers. Encore, cette perspective ne s'offrait-elle à moi qu'à travers une fenêtre hérissée de grillages en fer, de laquelle on m'arrachait lorsqu'il m'arrivait d'y rester attaché trop long-temps.

« Un ennui insupportable, un chagrin dont mon âme était frappée lors même qu'elle ne pouvait s'en expli-

5*

quer la cause, me rendirent languis-
sant et bientôt malade. Une vie monotone, des coutumes bizarres, une
nourriture fastidieuse, aucun amuse-
ment, voilà les tristes souvenirs que
j'ai emportés de cette retraite !

» Mes remarques ne pouvaient
s'étendre sur des objets plus impor-
tans, puisqu'alors je pensais à peine
et n'observais que machinalement :
je ne sais par quel motif, les leçons
auxquelles on m'astreignait cessèrent
tout à coup ; je me trouvai à la fois
souffrant et abandonné : l'homme
odieux qui m'avait ravi aux bords
heureux où j'étais né, ne me fatiguait
plus de sa présence ; mais aussi les
soins me manquaient ; loin de trouver
un protecteur parmi ces êtres qui
lui paraissaient soumis, on eût dit

qu'ils se faisaient un mérite de leur insensibilité à mon égard, et nul d'entr'eux ne m'accordait la pitié que semblaient réclamer ma situation et l'innocence de mon âge.

» Les événemens qui suivirent me prouvèrent que je n'étais encore qu'à la veille du malheur.

» Quelques années s'étaient écoulées dans l'isolement et l'oubli, quand mon sort changea tout-à-coup. Les portes de ma prison s'ouvrirent, et toutes mes douleurs furent aussitôt oubliées ; je savourais les plaisirs d'un voyage rapide, d'un spectacle varié, et je voyais fuir derrière moi les arbres et les montagnes, sans songer au but de ce déplacement soudain. C'était à la mort cependant que j'étais conduit !... Toutefois, les ministres de cet acte

barbare le jugeant apparemment inutile, me vendirent en secret à un
corsaire qui faisait un commerce d'esclaves sur les mers d'Afrique, et c'est
lui qui m'apprit, par la suite, le danger auquel j'avais échappé : il me le
dit de manière à me le faire regretter.
Ah ! que de fois, dans mes transports
de douleur, ai - je regardé le ciel
en lui reprochant de ne m'avoir point
alors attiré vers lui, comme une victime innocente, digne d'un meilleur
sort !

» Le corsaire qui m'avait acheté (par
humanité, me disait-il), ne tarda pas
à me trouver un maître; celui-ci m'em-
mena à la Martinique. J'étais le moins
âgé de mes compagnons d'infortune;
quelques-uns pleurèrent en me voyant
parmi eux, et leurs larmes m'appri-

rent combien j'allais être à plaindre.
Ils me dirent qu'ils étaient Africains;
que pour moi, je venais des côtes de
Portugal; que j'étais esclave, c'est-
à-dire sans patrie, sans famille, voué
comme eux à l'obéissance, aux souffrances éternelles....

» Ah! c'est alors que l'idée de mes
maux pénétra profondément mon
esprit et mon cœur! Ma raison s'é-
claira, mes facultés s'agrandirent
pour me montrer l'excès de ma misère et mon abjection. Des souvenirs
confus, en me peignant l'existence
agréable qui avait été mon partage
dans les premiers jours de ma vie,
m'ôtaient l'énergie nécessaire pour
supporter ma condition présente.
L'humiliation, la détresse, une fati-
gue continuelle au-dessus de mes

forces, de mauvais traitemens dont l'injustice révoltait à la fois mes sens et mon âme, furent mon partage. Ainsi se passaient les jours que l'on se vantait de m'avoir conservés par grâce.

» Les cruautés d'un maître impitoyable que ma jeunesse ni ma soumission ne pouvaient adoucir, finirent par altérer mon caractère : ma mémoire s'éteignit, mon cœur se resserra; je parus résigné parce que je souffrais trop pour exprimer ma peine, une rage secrète dévora mon sein, une sombre stupeur remplaça les joies de l'enfance, et à peine arrivé dans la vie, la vie était un fardeau que je ne pouvais porter.

» Mes compagnons regrettaient leur soleil, leurs dieux, leur case, et tour-

naient leurs regards languissans vers
la sépulture de leurs pères. Moi, hélas! je ne connaissais rien de moi-
même que mes douleurs; mais je pleu-
rais avec eux tout ce qu'ils avaient
perdu, et cette union de sentimens
nous soulageait mutuellement sans
jamais nous consoler. Faut-il l'avouer?
un tourment inexprimable se joignit
à mes chagrins, et les augmenta : je
ressentais la haîne, ce sentiment
importun que je ne pouvais assouvir
puisque l'objet qui me l'inspirait s'offrait même vaguement à ma pensée.
Ce sentiment, dis-je, s'empara de
ma vie; il régnait dans mes songes :
je me repaissais de vengeance, et dans
mon imagination elle se portait toujours sur l'infâme étranger, première
cause de mes malheurs. C'est lui que

je me plaisais à torturer, à punir de
m'avoir privé de ceux que j'aimais,
de leurs caresses, les seules que j'eusse
connues!.. cet étranger! comme il
fatiguait mon souvenir! comme il
embrasait mon sang! J'ai fini, je
crois, par lui créer une forme imagi-
naire, et c'est à ce fantome que j'at-
tache une haine constante quoique
inutile. Ah! j'ai tout appris hors à
pardonner! le sang africain qui coule,
dit-on, dans mes veines, y a porté
sans doute cette ardeur inconnue aux
Européens, et je n'ai vu personne
encore aimer et détester comme moi.

» Une fois, je me joignis à quelques
nègres marons; échappant à mon
bourreau, j'étais parvenu à me réfu-
gier avec eux dans les montagnes.
Là, seulement, je commençai à vivre.

Bondissant d'espérance et de joie, je courais au hasard en criant, *liberté! liberté!* Je la sentais légère et bienfaisante, elle ravivait mon âme longtemps abattue, et j'en jouissais, comme je l'avais chérie, avec passion. L'existence sauvage que je menais dans ce temps était le terme où se portaient mes vœux ; la Providence ne permit pas qu'ils fussent exaucés. Après une défense que le désespoir rendit courageuse et longue, je retombai en la puissance de l'homme avide de nos sueurs et de notre sang, et j'étais prêt à subir le châtiment qu'il se croyait le droit de m'infliger, lorsque M. de Saint-Yves vint à la Martinique : le hasard l'amena au lieu du supplice. Je voyais avec une indifférence appa-

rente les apprêts de celui-qui m'était
réservé, et ce calme, que je devais à
un excès de ressentiment, appela son
attention sur l'infortuné qui paraissait
ainsi dédaigner la douleur et la vie.

• Instruit de ma faute, pénétrant
trop bien sans doute ce qui l'avait
causée, indulgent pour mon jeune
âge, et cédant sur-tout à la bonté de
son cœur, M. de Saint-Yves acheta
ma grâce, et non content de me
sauver les horreurs du châtiment, il
me délivra de l'oppresseur qui m'y
avait condamné.

» Mon malheur avait cessé; je
me trouvai en sa possession quand
je rêvais encore au moyen d'abréger
les instans qui me restaient à vivre,
et heureux, comme si, exécutant ce

funeste dessein , j'avais quitté ce monde pour en habiter un meilleur. »

Ici Lydie regarda son mari avec attendrissement , en l'appelant le meilleur des hommes , et ses yeux remplis d'une généreuse pitié se reportèrent vers Astolfe : elle crut trouver sur son visage les traces de ses anciennes douleurs et ne put s'empêcher de penser que rien n'exalte l'âme comme les chagrins prématurés. Quand il souffrait , dit-elle , je ne faisais qu'aimer et sourire !

— Pauvre enfant ! continua Lydie (oubliant que dix ans s'étaient écoulés depuis cette époque) , que je te plains d'avoir connu des méchans ! Il est donc vrai qu'il en existe ?

— M. de Saint-Yves l'entoura d'un

de ses bras comme pour lui dire, là, sur mon cœur, tu n'auras jamais à les craindre, pendant qu'Astolfe fixait la terre d'un air morne ; ce moment de réflexion dura peu, et lorsqu'il le crut convenable, le jeune mulâtre continua ainsi :

« Près de M. de Saint-Yves il me sembla que je revenais à une autre existence ; néanmoins il fallut beaucoup de tems pour que mon imagination pût embrasser l'idée d'un changement si extrême et que mon cœur pût le goûter. Mes membres frémissaient encore au son de voix d'un homme étranger ; aujourd'hui même, lorsque je n'y suis point préparé, il me paraît un signal terrible et comme la menace d'un nouveau malheur. Cette impression involon-

taire fut plus sensible dans les premiers instans de ma délivrance. Ah !
dès-lors je n'avais plus de larmes,
mes yeux demeurèrent secs et brûlans ; tout ce que la nature accorde
à l'homme pour exprimer son plaisir
ou soulager sa peine, me fut refusé ;
mes sentimens seuls me restèrent :
profonds, impétueux, ils commencèrent à dévorer mon âme, qui ne
pouvait s'épancher.

» Mais, ô bien suprême ! je connus
enfin la douceur d'aimer. Je crus à
l'humanité, aux vertus qu'il me semblait avoir rêvées dans mes longs jours
d'infortune ; j'essayai si je pourrais
oublier les auteurs de mes maux.
Enfin, me disais-je, ces blancs, aux
regards si doux, qui semblent faits à

l'image des anges, ne sont pas tous
trompeurs et cruels; ils ont aussi une
âme comme nous ! Mon cher bienfaiteur était devenu mon dieu tutélaire;
je sentais avec passion ce que je devais à ses bontés, et en lui consacrant
la vie qu'il m'avait sauvée, je ne
faisais que lui assurer son bien. Mon
bonheur, désormais, fut dans ma reconnaissance, et les chaînes de mon
esclavage me devinrent précieuses
chères. »

Astolfe fit une pause en cet endroit
de son récit : sa voix tremblante parut se raffermir, cependant on eût dit
qu'il consultait les yeux de son maître
pour ce qui lui restait encore à raconter.

M. de Saint-Yves prit la parole

dans l'intention d'ajouter quelques éclaircissemens à cette histoire ; et s'adressant à Lydie :

— Vous vous rappelez, lui dit-il, que ma mère, s'abusant sur sa santé, ne voulut point que je vous amenasse près d'elle en France, à l'époque où vous perdîtes la vôtre. L'espérance de revoir bientôt l'Amérique et de se réunir à nous dura long-temps ; persister à vouloir la rejoindre, c'eût été presque lui prouver qu'elle se flattait vainement, et ces délicatesses prolongèrent une séparation pénible de part et d'autre ; j'allai cependant m'assurer de sa position, et plusieurs fois j'eus le bonheur de lui porter des nouvelles de Louisa et de la seconde fille que son cœur avait adoptée. Dans un de ces voyages je passai à la Martinique pour terminer quelques affaires dont j'avais à rendre compte à ma mère. C'est alors que je vis Astolfe, et sans autre intention que de l'arracher à l'état qu'il vient de dépeindre, je l'emmenai avec moi. Il me suivit en France. Ses malheurs intéressèrent la comtesse de Saint-Yves; le caractère et la figure de cet enfant lui plurent; elle me pria de le lui laisser, et trop heureux de pouvoir lui être agréable en quelque chose, je lui fis ce présent, auquel depuis elle mit, comme vous le savez, un haut prix...

Dans ce moment un bruit subit interrompit M. de Saint-Yves : on venait l'avertir que le vaisseau qu'il attendait depuis quelques jours touchait au port, que la chaloupe était en mer et amenerait incessamment à terre les passagers. Lydie se leva avec précpiitation pour aller à la rencontre de don Aurélio son oncle, dont l'arrivée lui avait été annoncée : son mari la suivit ; mais avant de quitter le berceau de platanes elle se retourna vers le jeune esclave.

— Pauvre Astolfe ! dit-elle, vous nous direz la fin de vos tristes aventures, et dans peu de tems, je l'espère, vous ne parlerez de votre esclavage que comme d'un mauvais songe... Oui, s'il plaît au ciel, vous ne compterez plus d'heures pénibles dans l'habitation de Lydie.

— Ah ! puissent toutes celles de

ma liberté être aussi fortunées que le
moment qui m'échappe !.. répondit-
il mais sa voix se perdit dans l'espace,
Lydie était déjà loin.

CHAPITRE IV.

Ce n'était pas la première fois que don Aurélio de Gonzalès se rendait à Saint-Domingue ; déjà il y avait fait plusieurs voyages, et sa haute réputation de sáinteté était établie dans cette île comme chez tous les peuples qu'il avait visités.

Évêque et Supérieur d'un couvent de dominicains à Lisbonne , il avait donné l'exemple d'un pieux dévoûment en sollicitant du roi de Portugal la permission, pour lui et les religieux

de son Ordre , d'aller prêcher la foi
parmi les Indiens idolâtres. Cette
faveur lui ayant été accordée , rien
ne put arrêter son zèle. Il passa dans
les colonies portugaises , étendit ses
pieuses conquêtes , pénétra dans les
contrées à peine connues , et porta
partout la parole de Dieu , qu'il sou-
tint des moyens les plus propres à
assurer la conviction qui devait la
propager. Les veilles , les jeûnes , les
prières , d'éloquentes prédications ,
tout concourait au même but ; et
renversant les obstacles par sa persévérance , don Aurélio poursuivait
ardemment la mission divine qu'il
avait entreprise. Il avait parcouru
une grande partie de l'Amérique sep-
tentrionale et s'était établi depuis
peu à la Louisiane , où des succès

prodigieux l'avaient rendu puissant;
tant les hommes se laissent aisément
dominer par l'admiration !

Les fatigues , les périls n'avaient
pas été calculés par ces religieux dont
Aurélio était le chef , ils ne s'effor-
çaient qu'à les vaincre; tous suivaient
ses erremens et obéissaient à ses
ordres : dispersés par la nature de
leurs travaux , ils marchaient vers le
même point avec un accord qui en
facilitait l'exécution. Le nom du
Christ retentissait jusques dans les
déserts et régnait aux bords éloignés
qui pendant tant de siècles avaient
vu s'élever les autels des faux dieux.
Les noms des disciples de Gonzalès
se perdaient dans une vertueuse obscurité ; mais le sien brillait d'un
éclat digne de l'œuvre sainte qu'il

s'était imposée. Il était révéré dans
les grandes Indes occidentales à l'égal
d'un prophète ou d'un prince ; et
tandis que des honneurs lui étaient
décernés par les Européens qui couvrent cette terre nouvelle, les naturels du pays lui offraient leurs ri-
chesses et les biens de ce monde
pour ceux de l'autre qu'il était venu
leur annoncer.

A la cour de Lisbonne, don Aurélio
était également puissant et respecté ;
sa haute naissance, une fortune colossale et l'humble refus qu'il avait
fait de grandes dignités ecclésias-
tiques qui lui avaient été conférées
presque malgré lui, enfin cette réunion de mérites divers attirait les
regards sur lui et grandissait la réputation due à son mérite.

Don Gonzalès était frère du père de Lydie ; souvent dans ses voyages il avait relâché à Saint-Domingue pour y revoir sa famille, qui recevait cette marque d'attachement presque comme un honneur ; Lydie principalement avait pour cet oncle une profonde vénération, mêlée d'une crainte respectueuse qui tenait probablement à l'idée de ses austères vertus. Son extérieur servait encore à imprimer ce dernier sentiment et pouvait en imposer à une jeune fille timide; toutefois, on avait remarqué que la vue d'Aurélio produisait généralement cet effet. Sa taille était gigantesque, son teint pâle, ses cheveux plats et grisonnans; sa physionomie grave et recueillie semblait révéler des austérités qu'il dérobait à la con-

I.

7

naissance des hommes ; son regard
était souvent baissé , mais dès qu'il
se fixait , il devenait rapide et perçant ;
on eût dit qu'alors il fouillait les cœurs
et qu'il en pénétrait les plus secrets
sentimens ; aussi , beaucoup de personnes croyaient-elles qu'Aurélio avait
reçu du ciel le don de deviner les
pensées comme les actions qu'on aurait voulu cacher ; d'autres prétendaient lui avoir vu faire des miracles,
et l'appelaient l'homme de Dieu par
excellence. Sa présence à Saint-Domingue fut donc regardée comme une
grâce particulière ; elle devait, disait-
on , par son influence, préserver de
tout mal , purifier l'air , doubler les
récoltes , éloigner les tempêtes. Le
peuple se mettait à genoux sur son
passage, en demandant sa bénédic-

tion, et les mères, en élevant leurs enfans dans leurs bras, cherchaient à leur montrer de loin le saint moine, comme on le nommait.

Il venait de débarquer, et côtoyait la rivière d'Ozama, pour gagner l'habitation de M. de Saint-Yves; on le distinguait à la lueur des flambleaux; lui seul debout au milieu de cette foule prosternée, paraissait d'une nature supérieure au reste des mortels, et semblait recevoir avec humilité des hommages qui pourtant flattaient son orgueil.

C'est au milieu de ce triomphe et de ces acclamations spontanées que Lydie et son mari saluèrent don Gonzalès; la multitude se dispersa avec peine à leur approche, ce ne fut qu'arrivée à l'habitation, que la famille

7*

réunie put goûter le plaisir de se retrouver après une longue séparation.

Un jeune religieux et un seul do-
mestique composaient la suite de
don Aurélio; l'un était à la fleur de
l'âge , son maintien pieux et composé
contrastait singulièrement avec l'expression maligne et hardie du valet
de chambre portugais. Quant à Gonzalès, simple dans ses habitudes, il
paraissait vivre de la vie de l'apôtre ,
et toute sa personne peignait la méditation et l'abnégation de soi-même.

Le lendemain et les jours suivans
se passèrent à recevoir les visites des
personnages les plus distingués de
l'île , et la demeure de M. de Saint-
Yves devint comme un lieu de péle-
rinage, où l'on se rendait de tous côtés
pour entendre le zélé missionnaire

qui y faisait alors son séjour. Il était
accessible pour tous , et à la parole
évangélique qu'il distribuait avec onc-
tion il joignait des aumônes abon-
dantes pour les pauvres , qui le quit-
taient en exaltant son mérite.

Quelle personne était plus heureuse
que Lydie pendant ces jours consacrés à la bienfaisance ! Pour qui exis-
taient vraiment les jouissances pures
et intimes ? Ah ! c'était pour celle qui
n'avait qu'une seule et divine pensée
à laquelle ne se mêlait aucune considération humaine. Les expressions de
la reconnaissance charmaient son cœur
sans l'enivrer, et quand on joignait
son nom à celui du vertueux Aurélio
dans les actions de grâces qu'attiraient
leurs œuvres charitables , elle sentait
du plaisir sans orgueil, et goûtait avec

pureté ce tribut d'hommage qui annonçait qu'elle avait tari quelques larmes.

Un incident peu sérieux en lui-même avait eu lieu le soir de l'arrivée de don Aurélio, et avait été remarqué de plusieurs personnes, sans qu'on sût à quoi l'attribuer. Le jeune mulâtre s'était offert pour débarrasser Gonzalès de ses vêtemens de voyage; déjà il s'emparait du manteau noir qui l'enveloppait; la croix qui brillait sur sa poitrine était à découvert, quand Astolfe, fixant le Dominicain, poussa un cri terrifiant et s'enfuit à la vue des spectateurs étonnés : quelques-uns exprimèrent leur indignation d'une conduite si extraordinaire; Lydie, toujours indulgente et bonne, prit sur elle d'excuser son esclave, en annonçant qu'il s'était trouvé atteint d'une douleur subite. Don Aurélio parut n'avoir fait aucune attention à cette circonstance : M. de Saint-Yves l'oublia. Il n'y eut qu'Henrico, le valet de chambre de Gonzalès, qui s'attacha aux pas d'Astolfe, et sembla vouloir approfondir le motif de cette terreur soudaine.

Depuis ce moment on ne vit presque plus le mulâtre ; plus sombre que jamais, il errait autour de l'habitation ; on eût dit qu'une lutte terrible s'était établie dans son âme ; mais il ne se confiait à personne, car il en était venu au point de supporter l'agonie et la mort sans tenter de se plaindre.....

La joie et le tumulte qui suivirent l'arrivée de l'oncle de Lydie firent

que cette absence ne fut guère ob·
servée que de la jeune comtesse ; elle
l'attribua à un redoublement de tristesse que sa curiosité avait peut-être
amené , et à l'effort qu'avait fait
Astolfe pour rappeler ses anciennes
souffrances. Elle se sentit donc toute
disposée à devenir sa protectrice , s'il
en était besoin , et à lui pardonner
la bizarrerie de sa conduite présente.
Le malheur était un titre de recommandation auprès de Lydie. Hélas !
elle avait sur cette terre de quoi exer-
cer sa douce pitié !

M. de Saint-Yves dévoila un des
innocens secrets de Lydie , en appre-
nant à don Aurélio que sa nièce avait
l'espoir d'être mère. Ce charmant
mystère , qui comblait de bonheur
les deux époux , fut enfin divulgué,

et dans l'habitation on entendait répéter avec transport qu'avant cinq
mois il naîtrait, de la belle Créole,
un ange qui aurait sans doute un jour
ses vertus et sa beauté.

Cet événement, en altérant un peu
la santé de Lydie, et en effaçant ses
fraîches couleurs, exigea d'elle un
soin plus particulier : ses mouvemens,
ses démarches, furent alors plus me-
surés ; elle existait dans l'avenir d'une
vie nouvelle, et déjà semblait ne
plus s'appartenir. L'exercice lui fut
recommandé à cette occasion, et il
s'accordait trop bien avec ses goûts
pour être négligé. Lydie s'y livrait
dans les instans que don Aurélio con-
sacrait à la retraite.

Souvent, dans ses promenades ré-
gulières, elle n'était accompagnée que

d'Irma ou d'Edite, et se passait d'Astolfe, dont les absences se multipliaient, et qui paraissait avoir contracté de nouvelles habitudes.

Un jour, n'ayant avec elle que sa petite négresse, Lydie suivit, sans projet, un sentier bordé d'arbres en fleurs ; le luxe de leur feuillage laissait peu d'accès à la lumière du ciel, et cette obscurité ajoutait à la disposition rêveuse qui l'avait portée à marcher au hasard : le chemin disparaissait sous ses pas ; elle ne s'en apercevait point, et ne répondait qu'à peine au jargon créole de sa jeune favorite qui l'amusait ordinairement.

Une jeune amante ne peut rêver qu'à son amour, une épouse bientôt mère ne sait plus où se borneront ses affections ; son sein frémit, elle vit

doublement , elle embrasse dans sa
pensée celui qu'elle sent si près de
son cœur, se plaît dans son image ; sa
faculté d'aimer s'aggrandit en se par-
tageant , et l'âme d'une mère est
toute tendresse ! La pensée de Lydie
s'égarait donc en projets et en sentimens délicieux , lorsque la vue d'un
homme penché vers la terre , dans
une attitude mélancolique , arrêta
tout-à-coup le cours de ses idées :
elle crut d'abord que c'était le mulâtre et envoya Irma lui dire qu'il
vînt la joindre ; la petite négresse
partit comme un trait , resta à moitié
chemin, et retourna vers la Comtesse
avec plus de vîtesse encore qu'elle
n'en avait mis à lui obéir.

— Maîtresse, lui dit elle (tout
essoufflée), moi ne point reconnaître

du tout le bel Astolfe, mais bien plutôt l'étranger méchant que j'ai vu une fois et dont tout le monde a peur..... Maîtresse, toi ne pouvoir aller plus loin sans qu'il t'arrive mal.

— Que dis-tu ? reprit Lydie surprise, jamais je n'ai su qu'il y eût quelqu'un dans les environs qui fût à craindre ; tu plaisantes sans doute?

Irma, pour convaincre sa maîtresse qu'elle n'avait avancé que la vérité, débita les choses les plus singulières sur l'apparition de l'étranger en ces lieux, sur sa figure extraordinaire, et telle qu'on ne pouvait la considérer sans être frappé d'horreur et de sortilége. Cet homme n'avait aucune demeure fixe, disait-elle, et les esclaves de qui elle tenait ces détails, prétendaient qu'il était semblable au démon , et qu'on ne savait comment il était tombé dans l'île.

Lydie ne comprit rien à cette fable absurde , et son caractère l'éloignant autant d'une sotte frayeur que d'une prévention défavorable aussi peu motivée , elle continua son chemin. Irma tremblante cherchait à la retenir, et à mesure que sa maîtresse approchait de l'endroit où l'étranger était encore immobile , ses instances devenaient si pressantes pour l'engager à retourner sur ses pas , qu'elles ébranlèrent enfin la fermeté de Lydie ; elle fit un léger mouvement d'indécision en regardant autour d'elle, comme pour chercher son guide ordinaire.

L'étranger en avait auguré sans doute qu'elle allait s'éloigner , car il s'écria aussitôt d'une voix faible et lamentable :

— Les infortunés sont moins à redouter que les hommes heureux du monde, ah ! pourquoi les fuir ? Pourquoi leur refuser un regard de pitié ?.... ce soulagement est-il donc inconnu sur la terre de l'exil !

— Un profond gémissement accompagna ses paroles prononcées en français ; elles parvinrent jusqu'à Lydie, qui n'était plus qu'à une petite distance de l'étranger. Le sentiment de pitié, qui était toujours actif dans son cœur, suspendit sa dernière intention ; elle ralentit sa marche, puis s'arrêta tout-à-fait, et se détournant à demi, elle demanda timidement à l'étranger qui il était, et ce qu'il désirait d'elle ?

— Je suis un proscrit, répondit-il,
rejeté du pays de mes ancêtres, accablé d'un destin trop rigoureux.....
Ah ! je ne veux rien que déposer
avant de mourir mes dernières pensées dans le sein d'un être compa-
tissant, qui redise un jour à ma
famille en quels lieux reposent mes
cendres !

— Arrête, maîtresse ! se mit à crier
la petite Irma qui voyait Lydie cou-
rir vers l'étranger ; mais ne pouvant
s'en faire entendre, elle prit le parti
de la rejoindre, non sans désirer que
quelqu'un pût venir à leur secours.
Il n'en était pas besoin : l'étranger
était souffrant, abattu, il se soutenait
avec peine, et de longues plaintes s'é-
chappaient de son sein. Toutefois, à
l'aspect de la sensible créole, un

rayon de joie parut éclaircir ses traits, les consolations que déjà elle lui prodiguait raffermissaient son âme errante, et les soupirs de celui qui se disait exilé avaient perdu de leur amertume.

L'intérêt qu'éprouvait Lydie pour le pauvre étranger lui ôtait jusqu'à la curiosité que sa situation et ses paroles devaient naturellement exciter.

— Ah! s'empressa-t-elle de lui dire, mon mari est français aussi, il adore son pays, que ne fera-t-il point pour un compatriote.... malheureux surtout!... Que n'avons-nous su plus tôt le trouver, le secourir!... Et toute son âme était sur ses lèvres en prononçant ces mots consolateurs.

— Hélas! reprit l'étranger, je vou-

lais mourir!... Loin de ma patrie en
deuil, loin de mes amis persécutés,
inutile à la cause de l'honneur que je
ne puis servir, que m'importe une
existence douloureuse et sans espoir!..
Je fuyais les hommes, et suis devenu
pour eux un objet de mépris; ils
croyent aisément vicieux ou coupable celui que la prospérité semble
avoir abandonné...

— Il n'est que trop vrai! pensa
Lydie.

Un plus vif sentiment de commisé-
ration la porta dans cet instant à exa-
miner l'étranger; elle conçut que ses
cheveux en désordre, sa barbe longue et noire, ses vêtemens souillés,
avaient pu contribuer aux bruits ri-
dicules qui avaient circulé sur son
compte; mais elle trouva en même

I.   8

tems une sorte de distinction sur ce
visage défiguré, et dans le langage de
l'étranger un accent pur et facile qui
prévenait en sa faveur. La jeune
créole faisait ces différentes observations pendant que l'exilé parlait encore; tous deux à la fois aperçurent
Astolfe qui venait de leur côté et restait par respect à quelque distance.

— Voilà, dit l'étranger en le montrant, le seul ami que le ciel jusqu'à
ce jour m'ait envoyé dans ma misère,
un mulâtre, un esclave!... O singulier caprice de la fortune! Sans lui
personne ne m'eût sauvé de moi-
même et de mon désespoir! il est venu
me chercher, m'a forcé de vivre....
Ah!, je lui dois de pouvoir recourir
aujourd'hui à la bonté d'un ange.....
Quel service serais-je assez heu-

reux pour vous rendre? reprit Lydie, en se hâtant de l'interrompre.

Mais ce fut en vain qu'elle atten-
dit une réponse de l'étranger, l'effort
qu'il avait fait pour parler dans l'état
de faiblesse où il se trouvait, venait
d'anéantir le reste de ses forces; il
eut encore la présence d'esprit de
présenter à Lydie un rouleau de pa-
pier qu'il tira de son sein, puis il re-
tomba sur la terre sans connaissance.

La comtesse, effrayée et dans un
extrême embarras, fit appeler Astolfe, qui l'aida dans les soins qu'elle
rendait à l'étranger.

— Il est mort! s'écria Irma avec terreur.

— Non, non; son cœur bat encore,
dit Astolfe, en continuant de ré-
chauffer ses membres de son corps et

8*

de son haleine. Ah! je sais trop la
cause de cet état funeste ; mais il reviendra à la vie; grand Dieu!! je
l'espère du moins... Et il fit prendre
à cet homme, dont il ne disait point
le nom, quelques gouttes d'une li-
queur qu'il semblait lui avoir destinée
d'avance. L'effet en fut prompt et sa-
lutaire; l'étranger soupira, regarda
l'esclave, et quoique ses paupières
se refermassent presque aussitôt, sa
respiration et son pouls indiquèrent
que le danger était passé. Les alarmes de Lydie disparurent en même
temps; c'est alors que s'adressant à
Astolfe, elle lui dit d'un ton de reproche :

— Vous n'avez point de confiance,
Astolfe, dans ceux que vous dites
aimer; et cet événement me prouve

que votre âme connaît le mystère...
Il est des cas où ce tort est impar-
donnable.

— Ah! madame, ma chère maîtresse!
répondit le mulâtre avec l'expression
de la douleur, daignez ne point me
retirer vos bontés, ni me juger sévè-
rement avant de m'avoir entendu....
L'idée de votre courroux est une
épreuve trop forte pour mon cœur,
le courage me manquera s'il faut la
supporter...

— Etre singulier, reprit Lydie en
souriant doucement, vas, ne crains
rien, je sais oublier une faute; et
comment t'en voudrais-je? ta pauvre
tête a l'air si malade!...

Astolfe ne dit plus rien; mais il
porta la main gauche sur le milieu de
sa poitrine : ce mouvement avait

quelque chose de contracté, tandis
que ses yeux s'étaient levés lentement vers le ciel ; ils semblaient dire
c'est ici qu'est mon mal, et en prendre Dieu à témoin.

La comtesse lui recommandant de
nouveau l'étranger, qui se trouvait
déjà mieux, sentit qu'il fallait lui
procurer d'autres secours plus effec-
tifs et se chargea d'en envoyer de l'habitation, où elle se rendit, toujours
suivie d'Irma ; elle tenait encore les
papiers que lui avait remis l'étranger ;
il lui tardait d'informer M. de Saint-
Yves de ce qui venait de lui arriver,
et de recevoir ses conseils pour ce
qui lui restait à faire : elle précipita
donc ses pas, et en peu d'instans se
trouva près de celui qu'elle nommait,
à juste titre, son protecteur.

CHAPITRE V.

Cet événement ne fut point vu sous le même jour par les deux personnages devant lesquels Lydie le raconta : M. de Saint-Yves y vit une occasion d'obliger un compatriote, et, quelles que fussent les causes de son malheur, il partagea l'avis de Lydie, qui était de lui offrir un asile et des soins. Don Aurélio, en accordant ce dernier article, trouvait qu'il était au moins imprudent de recevoir chez soi un étranger,

peut-être un vagabond , et que cette
détermination peu réfléchie pouvait
amener de graves inconvéniens. La
nièce de Gonzalès l'écoutait avec chagrin , et pour la première fois mur-
murait de sa sévère prévoyance: elle
remit les papiers qui lui avaient été
confiés ; et quoiqu'elle ne se crût
point en droit de les ouvrir avant
que son protégé eût expliqué leur
destination , elle saisit ce prétexte
pour affirmer que ce dépôt annonçait
au moins une confiance qu'il n'était
point permis de méconnaître.

— Dans l'état où se trouve ce pauvre
exilé , dit-elle, on gagne peu à faire
le rôle d'un imposteur , et l'on ne
ment point aux portes du tombeau !

Elle plaida la cause de l'infortune avec une éloquence si naïve

et un ton si suppliant, que M. de
Saint-Yves, qui ne tardait à donner
ses ordres que par déférence pour
l'observation de Gonzalès, consentit
à tout ce que désirait Lydie en paraissant lui céder, et prit les mesures
nécessaires pour que ses intentions
fussent remplies ponctuellement.

Cependant le prudent missionnaire répétait que la charité chré-
tienne, en commandant les aumônes
et les œuvres miséricordieuses, ad-
mettait toutefois des précautions; que
quant à lui, en supposant que ce qui
avait été dit à sa nièce fût réel, il
avait sujet de se méfier de ces hommes proscrits de leur pays, coupables
souvent d'en avoir troublé le repos,
si ce n'était de quelque chose de pis!
qu'il devait croire d'ailleurs la loi

infaillible , ceux qu'elle condamnait
dangereux et indignes de la compas-
sion des honnêtes gens.

M. de Saint-Yves répondit à ces
objections rigides, que la France était
menacée depuis long-temps d'une
grande révolution, que peut-être elle
avait fait des victimes dont quelques-
unes avaient été amenées vers eux ;
qu'il fallait s'en assurer, mais provi-
soirement secourir celui qui souffrait.
Cet argument ferma la bouche à don
Aurélio ; néanmoins, afin de le satisfaire , M. de Saint-Yves fit prendre
des informations sur l'étranger, qui
déjà , par les soins de Lydie , occupait une chambre dans l'habitation.

Les contes absurdes que M. de
Saint-Yves recueillit de sa première
enquête , et les propos bizarres dont

ils furent mêlés , remplirent si peu
son but , qu'il se promit d'inter-
roger Astolfe , ou (si celui-ci, comme
cela était possible , ignorait quel était
l'étranger , malgré ses relations avec
lui) d'attendre, pour obtenir des
éclaircissemens , que ce dernier eût
recouvré la santé.

Edite , ainsi qu'Astolfe, furent par-
ticulièrement chargés de le servir ; le
chirurgien attaché à la famille de
M. de Saint-Yves lui rendit des soins.
Cependant plusieurs jours se passèrent
sans amener de mieux dans sa situation. Son âme paraissait aussi épuisée
que son corps , et le chagrin avait
laissé dans tout son être ces traces
cruelles auxquelles il est difficile de
se méprendre ; ce ne fut qu'après
quelques semaines de crainte et d'es-

pérance que les évanouissemens répétés qui avaient fait craindre pour
sa vie cessèrent totalement et que le
malade entra en convalescence ; mais
une extrême faiblesse exigea encore
des ménagemens, qui ne lui manquè-
rent pas de la part de ceux qui rem-
plissaient à son égard tous les devoirs
de l'hospitalité.

Lydie se faisait rendre compte de
ce qui se passait dans l'appartement
de l'inconnu ; elle allait même avec son
mari le visiter quelquefois, et s'éton-
nait alors de n'y jamais rencontrer Astolfe, qu'elle avait pourtant commis
à sa garde : elle sut d'Edite qu'il sor-
tait furtivement de l'habitation et
n'y rentrait souvent que fort tard
dans la nuit ; qu'il s'entretenait mys-
térieusement avec l'étranger à son

retour, et que tous deux paraissaient occupés d'un sujet important : d'autres personnes rapportèrent qu'elles avaient vu le jeune mulâtre se rapprocher, contre son ordinaire, des esclaves noirs appartenant à différens colons voisins de M. de Saint-Yves, et dont les possessions touchaient les siennes. Ce qui étonna surtout, c'est qu'Astolfe causait de préférence avec ceux qui avaient été repris de fautes graves ou qui en avaient subi la punition récente.

Ces différens rapports inquiétèrent peu Lydie, elle ne jugea pas même à propos d'en instruire M. de Saint-Yves; l'estime et l'amitié qu'il portait à ce jeune homme, fondées sur une conduite sans reproche, suffisaient pour la tranquilliser et éloigner tout soupçon de son esprit. Elle ne put seulement s'empêcher de craindre que sa raison ne fût légèrement alté-rée, et les apparences les moins favo-rables ne faisaient naître en elle que de la pitié pour lui. Ce fut donc à regret qu'elle se vit obligée de changer de sentiment ; néanmoins les circonstances l'obligèrent à exa-miner plus soigneusement ce qui d'abord ne lui avait semblé mériter aucune attention.

Un jour elle trouva sur sa toilette ces mots écrits au crayon : *méfiez-vous du traître Astolfe*. Une autre fois elle entendit la conversation de plu-sieurs domestiques qui parlaient entre eux d'un complot formé par les noirs de Saint-Domingue, dans l'intention de reprendre leur liberté ; le nom

d'Astolfe fut encore mêlé à ce discours, sans que Lydie eût pu saisir
dans quel sens il en était question :
elle jugea plus prudent de paraître
ignorer cet entretien ; mais une vague
inquiétude commença dès - lors à
s'emparer de son imagination.

Serait-il possible ! pensa la douce
créole, qu'Astolfe trahisse celui qui
fut pour lui un protecteur généreux
et presqu'un ami ! Qu'au moment de
recevoir la récompense de sa fidélité
passée, il trompât d'une manière si
horrible les êtres qui voulaient son
bonheur ! .... Non , non, disait-elle,
une pareille monstruosité ne peut
exister, ou elle ne peut se rencontrer dans l'âme d'Astolfe.

— Et pourtant en se parlant ainsi,
la pauvre Lydie frémissait de l'obs-

curité qui couvrait depuis quelque
temps les actions de l'esclave, elle redoutait de le trouver coupable; avant
de l'accuser toutefois, elle résolut
d'avoir une explication avec lui,
parce qu'elle se rappela dans ce moment qu'il l'avait une fois priée de
ne point le juger sans l'entendre.
Souvent M. de Saint-Yves lui avait
dit que cet enfant de la nature, élevé
depuis à l'école du malheur, ne savait point mentir; que l'infortune
de ses premières années n'avait point
altéré sa candeur, et que cette franchise, poussée jusqu'à la rudesse, lui
avait donné de l'estime pour son caractère. Si son cœur n'a point changé,
s'il n'est point devenu pervers, je
saurai bien le comprendre, pensa
Lydie; s'il en était autrement.... il

serait tems de faire connaître à mon
époux qu'il aimait un ingrat!....

En conséquence, elle envoya chercher le mulâtre et lui fit dire de
venir la trouver dans le parc, où elle
l'attendait. Il y avait peu d'instans
que Lydie avait donné ce message;
elle s'était enfoncée dans l'épaisseur
du bois où des ouvriers s'occupaient
à abattre de vieux arbres, et après
avoir causé avec eux de leurs travaux,
elle allait s'éloigner, quand elle entendit soupirer près d'elle. Le feuillage lui cachait la personne qui exha-
lait ainsi sa tristesse; toutefois elle
l'avait reconnue : écartant les branches avec une sorte d'impatience,
elle appela le jeune esclave (car
c'était lui-même); sa voix avait quelque chose d'imposant qui fit tres-

saillir Astolfe ; se réveillant comme
d'un songe , il parut en sa présence,
les yeux baissés et dans l'attitude
d'une personne qui s'attend à recevoir un ordre et qui est prêt à l'exé-
cuter.

— Non , dit-elle , en répondant à
l'intention qu'il manifestait , je n'ai
rien à commander , Astolfe... sinon
que vous mettiez de la vérité....., de
la confiance dans vos discours......

— Mon cœur ne contient rien ,
répartit l'esclave étonné , dont il ne
s'honore ; et si la vérité ne m'est
point toujours permise , du moins
le mensonge n'a jamais souillé mes
lèvres.

— J'attends de vous un aveu important à ma tranquillité , continua
Lydie ; dites-moi , M. de Saint-Yves

est-il instruit de toutes vos démarches ?

—Non, répondit Astolfe ; mais un jour il pourra peut-être les approuver (et son air annonçait quelqu'embarras).

—Pourquoi ces mystères? Ignorez-vous qu'ils offensent et blessent à la fois?...

— Que l'on m'en punisse donc, car il m'est impossible d'en donner l'explication... dans ce moment.

—Astolfe ! si votre bienfaiteur l'exigeait cependant...

— Eh ! ne vous refusai-je point !... Je pourrais donc mourir... mais je me tairais encore.

—Grand Dieu ! s'écria Lydie, que devons-nous craindre... de qui gar-

dez-vous les secrets?... Enfin qui tra-
hit-on ici?

— O ciel ! reprit Astolfe éperdu et
tremblant, cette épreuve est affreuse !
Il mit la tête dans ses mains, et Lydie indignée de sa réserve et sentant
ses soupçons renaître avec plus de
force, laissa échapper quelques mots
qui apprirent au mulâtre le fond de
sa pensée et ce dont on l'accusait. Il
reçut en silence ces reproches; mais
le désespoir était peint dans ses
traits.

Au même moment les fleurs et le
gazon que venait de fouler Lydie
avec colère, s'agitèrent sous ses pieds;
la terre se souleva, un sifflement aigu
se fit entendre, et le corps d'un serpent se montra tout à coup à ses yeux
épouvantés : sa couleur s'était d'abord

confondue avec la verdure; mais
alors l'horrible reptile se dérou-
lant en longs replis, s'élança sur
elle en la menaçant de son dard
venimeux. A peine avait-elle jeté un
cri arraché par le saisissement, qu'Astolfe s'était élancé sur l'animal qui
l'entourait déjà, et que, le pressant
d'une main avec vigueur, il se saisit
d'un fer pour l'abattre.

L'instrument que le hasard avait
mis à sa portée n'était autre qu'une
hache de bucheron, elle vacilla dans
le mouvement que fit Astolfe pour
s'en servir, et son sang jaillissant aussitôt alla se mêler à celui de son ennemi. Cependant la figure de l'esclave était rayonnante de plaisir : il
voyait Lydie hors de danger et le

reptile tenter en vain de rassembler, ses tronçons épars.

— Vous êtes blessé? cria-t-elle en se rapprochant de lui.

— Je ne le sens point, répondit l'esclave.

— Mais votre sang coule...

— Vous êtes sauvée! et qu'importe mon sang! n'est-il pas à vous?...

— O Astolfe!!.. fut tout ce que put répondre Lydie tremblante encore d'effroi.

Les ouvriers qui travaillaient à quelques pas du lieu de cette scène n'avaient point manqué d'accourir à la voix de Lydie. Ils frémirent en voyant le serpent terrassé, et par mille coups s'assurèrent de sa mort, à laquelle tous auraient voulu avoir pris part. Toute-

fois leurs secours devenant superflus,
ils s'éloignèrent, non sans vanter hautement l'adresse du mulâtre, et le
bonheur qu'il avait eu de sauver sa
maîtresse. Lydie sensible à leur zèle
les remercia ; cependant elle était
bien aise de devoir la vie à Astolfe, et
sentait confusément qu'elle avait été
dure, injuste envers lui. L'occasion
de réparer ce tort lui devenait précieuse, car tous les doutes s'évanouis-
saient; elle n'était plus occupée que
de son dévoûment; la crainte qu'il
n'en fût victime vint aussi la saisir,
elle déchira son voile, en enveloppa
malgré lui sa main blessée, et l'engagea à retourner promptement à l'habitation pour se faire panser.

Lydie connaissait un moyen de
guérir la morsure du serpent (acci-

dent commun en Amérique), que souvent elle avait employé avec succès ;
elle indiqua donc ce remède à Astolfe, bien qu'il l'assurât que l'animal
avait été étouffé dans ses mains lorsqu'il s'en était saisi, et que sa bles-
sure, d'ailleurs légère, n'avait aucune
cause dangereuse.

— Je crains, dit-elle d'un ton pénétré, de ne pouvoir réparer aussi bien
le mal que j'ai fait...

Astolfe pour toute réponse se jeta
à ses pieds, puis il lui demanda de
nouveau ce qu'elle attendait de lui
Mais elle n'avait plus de questions à
lui faire.

Qu'avait-elle, en effet, à redouter de
celui qui serait mort avec joie pour
lui épargner une douleur ! Eh ! ne
devait-elle pas se reposer entièrement

sur ce cœur fidèle !. ... Néanmoins, si ses inquiétudes avaient cessé du côté d'Astolfe , il lui en restait d'autres que motivaient assez les avis qu'elle avait reçus. Lydie ne put donc s'empêcher de les lui faire pressentir et lui dit :

— Astolfe, vous avez des ennemis ?

— Moi ! répliqua-t-il en souriant, que peuvent-ils m'envier ou m'ôter ?

— Peut-être le repos de la vie...... l'estime de vos protecteurs....

— Ils pourront le tenter ; mais y réussir n'est point en leur puissance.

— Prenez-y garde, bon Astolfe, ils vous nuiront. Veillez sur vous... sur les méchans.....

— Chère et bonne maîtresse ! s'écria l'esclave ; oui, je veillerai.... jusqu'à mon dernier soupir.

En même temps il la conjura dans les termes les plus supplians de ne point répéter à M. de Saint-Yves les exclamations qui lui étaient échappées involontairement, et protesta de la pureté de son cœur de manière à convaincre Lydie que ces discours mystérieux s'expliqueraient bientôt et que sa conduite se dévoilerait à sa gloire et à la propre satisfaction de ceux qui avaient des droits sur lui.

La jeune comtesse consentit donc à ne point faire naître de trouble dans l'esprit de M. de Saint-Yves, à condition qu'Astolfe se mettrait en mesure pour lui rendre un compte exact de ses moindres actions : car, ajouta-t-elle, il n'est point de réserve innocente quand elle doit toujours durer. Elle congédia alors le mulâtre, en lui répétant de faire visiter sa main malade ; et réfléchissant sur ce qui venait de se passer, elle se trouva plus que jamais convaincue qu'avec beaucoup d'énergie dans l'âme et un caractère vraiment distingué Astolfe avait la tête faiblement organisée, et qu'il méritait de sa •part pitié et indulgence.

Emue et souffrante de la peur qui l'avait gagnée un moment, Lydie retourna lentement vers sa demeure, en se répétant : Pauvre malheureux ! Le sort qui t'opprima long-temps semble te poursuivre encore. Ah! si je pouvais t'abandonner, te refuser ma protection, jamais je ne me pardonnerais. Un cœur comme le tien rachète bien de légères erreurs, s'il est vrai que tu en aies pu commettre !

Lydie fut tirée de ses réflexions par
l'arrivée de son mari, de ses gens, qui
avaient appris le danger qu'elle avait
couru, et comment elle en avait été
délivrée ; chacun à l'envi nomma
Astolfe son libérateur, et elle fut ra-
menée au milieu des plus vives mar-
ques d'attachement et de satisfaction.

CHAPITRE VI.

Astolfe interrogé par M. de Saint-Yves au sujet de l'étranger, ne fit que le confirmer dans l'idée que la providence avait remis en ses mains un de ces hommes que le destin se plaît à éprouver souvent jusqu'au-delà de leurs forces, et qu'il n'aurait point à se repentir de l'hospitalité qu'il lui avait accordée.

Il lui rapporta ce qu'il avait appris; que l'étranger faisait partie de l'équipage qui avait échoué il y avait quelques mois sur les côtes périlleuses de

Saint-Domingue, qu'il se disait banni de la France, son pays natal : Astolfe ajouta que ce dernier malheur paraissait l'avoir réduit au désespoir, et que lorsqu'il l'avait rencontré il était dans un état digne de pitié, malade, délirant, implorant la mort et se refusant à toute espèce de secours et d'adoucissement.

Questionné de nouveau, l'esclave avoua qu'il lui portait chaque jour la moitié de la nourriture qui lui était destinée, qu'il avait fini par lui faire accepter; qu'il était également parvenu à le faire résider dans une petite cabane qu'il lui avait élevée; que n'ayant reçu ces différens services qu'à la condition expresse de n'y donner aucune publicité et de ne parler de son sort à personne, il n'avait point cru devoir en instruire ses maîtres, et que son silence n'avait d'autre motif que l'horreur qu'il avait de là perfidie, surtout après avoir été assez heureux pour obliger un homme dans la détresse.

Astolfe passa légèrement sur la circonstance qui l'avait éloigné de l'exilé deux jours entiers, au bout desquels il s'était offert aux regards de madame de Saint-Yves. Du reste il dit ne le point connaître autrement que par ses infortunes.

Ces détails furent confirmés par l'inconnu lui-même lorsqu'il eut repris entièrement ses forces : il convint de l'égarement dans lequel il était resté plongé par suite de l'accident qui l'avait fait aborder près de San-Domingo , et se loua dans les termes les plus touchans des secours que lui avait prodigués le bon et jeune mulâtre.

Dans un entretien particulier avec M. de Saint-Yves et son épouse, il leur apprit qu'il était fils du marquis de Valmire mort sur l'échafaud. Enveloppé dans la proscription qui avait atteint une grande partie de sa famille, privé de ses biens, séparé d'une mère au désespoir, il subissait son affreuse destinée et se rendait à Cayenne, lieu de son exil, lorsqu'une tempête fit périr le bâtiment qui transportait avec lui d'illustres condamnés, réunis par le même sort et pour la même cause.

M. de Valmire avait échappé à la mort par une espèce de miracle; néanmoins il était loin de regarder

cette exception comme un bienfait
du ciel ; les malheurs de la France
dont il n'avait été que trop le témoin , l'impossibilité de la servir
de son courage , les objets d'amour
et de regret qu'il avait été contraint
d'y laisser , le dénûment auquel il
était réduit , toutes ces causes affli-
geantes l'avaient accablé au point de
lui faire abhorrer l'existence et d'altérer momentanément sa raison.

Durant la traversée M. de Valmire
avait tracé la relation de ses propres
malheurs et des événemens dont sa
patrie était le théâtre ; ces papiers et
quelques autres , particuliers à sa famille , étaient les mêmes qu'il avait
remis à Lydie lors de sa première
entrevue avec elle ; et ces papiers
lui ayant été restitués dans le même

I.

état qu'ils lui avaient été confiés, il conjura M. de Saint-Yves et sa femme d'en prendre connaissance. Ah! combien ils frémirent en avançant dans ce récit! C'était donc ainsi que cette belle France, dont ils se plaisaient à vanter la prospérité, se laissait déchirer par des factieux! Ses propres enfans dévoraient son sein, et des maux incalculables avaient été déjà le fruit de ces horribles excès !

Aux rivages encore paisibles de l'Amérique, on ignorait cette secousse terrible qui ébranlait une partie de l'autre globe. Cette connaissance porta la douleur dans l'âme de M. de Saint-Yves, qui calculait les effets désastreux des innovations que l'on cherchait à introduire dans le pays de ses pères : les moyens employés pour réformer certains abus lui paraissaient aussi insuffisans que coupables, il les croyait en opposition avec les vues de quelques hommes sincères et éclairés qui avaient rêvé le bonheur de leurs concitoyens, et le bien d'une sage révolution. Mais, grand Dieu! quel cruel désenchantement! quelle odieuse vérité avait pris la place de cet heureux prestige!

Depuis longues années M. de Saint-Yves vivait loin de sa patrie, son cœur y était encore. Qui a vu la France veut la revoir; quiconque y est né désire y mourir, et l'époux de Lydie gémit sur elle comme sur un ami que l'on est menacé de perdre; et un voile funèbre enveloppait ses pensées, lorsqu'elles se portaient vers le lieu de son berceau.

Cependant des nouvelles si graves
pouvaient avoir de funestes consé-
quences. M. de Saint-Yves jugeait
qu'elles pourraient influencer le
monde entier, et crut ne devoir point
les propager dans son île heureuse et
calme. Lydie, par instinct plus que
par réflexion, partagea son avis et en
même temps conçut de grandes inquiétudes sur sa sœur.

— Que ma chère Louisa est à plaindre, disait-elle, d'habiter un pays où
le rang, le mérite, la richesse, sont
autant de titres de persécution et de
mort!..

M. de Valmire avait porté la tristesse dans cette famille; il désirait
toutefois que son secret n'en sortît
pas, et voilait ainsi d'un motif per-
sonnel un intérêt plus puissant et

qui concernait ses excellens hôtes : la
suite nous apprendra ce qui avait fait
naître en lui ce désir dont le principe
était une crainte trop fondée. Reve-
nons toutefois à l'exilé. Sa reconnaissance envers ses nouveaux amis ne
pouvait augmenter ; mais chaque
jour son attachement pour eux devenait plus vif et plus tendre. La loyauté,
la bienveillance de M. de Saint-Yves,
la douceur enchanteresse de Lydie,
les charmes de leur société étaient
autant de consolations dans ses peines ;
il parvenait même quelquefois à les
oublier un moment, ou, si leurs en-
tretiens l'y ramenaient, du moins ils
portaient avec eux leur remède ; car,
malgré le mal qu'on en ressent, le
cœur aime à épuiser les sujets dou-

loureux; il lui semble alors qu'il a
déposé la moitié de ses chagrins.

Dès que le comte de Saint-Yves
eut mieux connu celui que le hasard
avait amené dans sa famille, il ne se
contenta pas à son égard de simples
offres de service, et en accordant son
amitié à M. de Valmire il mit à sa
disposition sa maison, sa bourse, pour
tout le temps où ils pourraient lui
être utiles. Le noble exilé, sensible à
ses avances, y répondit avec grâce et
franchise. Il fit à cette occasion connaître à ses amis qu'il avait fait passer
quelques fonds en Angleterre à l'é-
poque où son frère aîné avait émigré
dans cette partie de l'Europe; que
cette précaution lui assurait une existence bornée, mais indépendante, jus-

qu'à ce qu'il pût rejoindre sa mère et la France, espoir dont il n'osait se flatter de long-temps!

M. de Valmire, comme cadet de maison, avait été appelé à être chevalier de Malte; il en gardait seulement le titre, n'ayant point fait de vœu. Ses amis redoutant qu'il ne vînt à être inquiété, lui proposèrent de laisser ignorer son nom et d'en adopter un autre plus obscur, qui pût le dérober à toute réclamation. Bien qu'il fût reconnaissant de leur sollicitude, le chevalier refusa de se soumettre à la crainte comme aux précautions qu'elle exigeait; sa fierté naturelle, que rien n'avait abattu, lui faisait préférer un danger, quel qu'il fût, à un subterfuge qu'il considérait comme lâche et déshonorant.

— Je garderai, dit-il, le nom de
mes ancêtres, et les tourmens ni la
mort ne m'obligeront à le nier; je
l'ai reçu pur de toute tache contre
l'honneur, ainsi il doit s'éteindre en
moi.

M. de Saint-Yves respecta cette
espèce de fanatisme dont l'exagéra-
tion sert du moins à soutenir ceux
dont les opinions et les sentimens
doivent être mis à l'épreuve.

L'exilé, d'ailleurs, quoique dans
une position critique, n'était menacé
d'aucun danger pressant ; il suffisait
qu'il ne reparût pas en France,
et l'événement qui avait fait périr
la plupart des passagers qui étaient
avec lui, laissait le doute qu'il eût
survécu à ses compagnons. Le chevalier de Valmire accepta donc avec

sécurité l'asile si généreusement offert
par ses nouveaux amis , et le tems
vint refermer peu-à-peu les plaies de
son âme. A mesure qu'il reprenait
quelque goût à la vie , il témoignait
davantage le déplaisir qu'il éprouvait
des systèmes que l'on cherchait à
établir en France : restreindre les
droits de la noblesse ou les anéantir
était pour lui la même chose ; on
voyait qu'il poussait loin l'orgueil
du rang , et il confia à ses hôtes
comme un extrême bonheur , qu'il
avait réussi à sauver ses parchemins
et le tableau généalogique qui cons-
tatait l'antiquité de sa maison.

M. de Saint-Yves sourit impercep-
tiblement en recevant cette impor-
tante communication ; Lydie le féli-
cita avec simplicité sur une circons-

tance qui paraissait lui être précieuse, mais elle ne put s'empêcher de lui demander pourquoi il l'envisageait ainsi , et n'eut pas peu de peine à le comprendre , même après qu'il le lui eut expliqué.

Elle appréciait pourtant l'avantage d'une bonne naissance ; mais l'éducation , le mérite basé sur la distinction des sentimens , ne lui semblaient pas avoir besoin de preuve écrite. Elle trouvait alors la noblesse empreinte dans l'âme , et les vertus de ses aïeux un exemple plus qu'un titre de gloire.... Mais Lydie raisonnait comme un enfant sur beaucoup de choses.

Malgré cette vanité, dont la nuance même était légère, le chevalier ne manquait ni d'amabilité, ni d'instruction : il avait trente ans au plus ; sa figure, ornée de cheveux blonds poudrés soigneusement, était agréable et régulière, et l'usage du monde, qu'il possédait au plus haut degré, lui donnait des grâces presqu'aussi engageantes que si elles eussent été purement naturelles.

Un *petit maître* de la cour de Louis XVI était, pour ainsi dire, un phénomène en Amérique ; mais l'urbanité, la galanterie française y étaient appréciées aussi bien que partout ailleurs, et M. de Saint-Yves surtout savait en reconnaître l'agrément, quand elle s'alliait, comme ici, aux qualités solides de l'esprit et du cœur.

M. de Valmire fut présenté au missionnaire portugais, qui se trouva

obligé d'avouer que les apparences
défavorables peuvent s'attacher à
l'homme de bien comme déceler un
coupable. Il fit excuser son opinion
par des raisonnemens profonds et
subtils, et ne manqua pas d'ajouter
que la seule vue du chevalier lui
avait rendu toute sa confiance. On ne
reparla plus de sa répugnance à
admettre l'exilé sous le toit de famille, et chacun ne songea qu'à
féliciter ce dernier sur son parfait
rétablissement.

Astolfe ne fut pas celui qui y prit le
moins de part : l'attachement d'un
côté, et une juste reconnaissance, de
l'autre, avaient établi entre ces deux
hommes une étroite intimité qui
effaçait souvent la différence de
leurs conditions, et rendait leurs

rapports plus intéressans. L'habitation de M. de Saint-Yves était enfin
le séjour de la paix , et depuis long-
temps rien n'était venu la troubler.
Les ennemis d'Astolfe, s'il en avait,
sommeillaient sans doute ; aucune
nouvelle n'arrivait de France , et
cette stagnation générale permettait
du moins le repos et l'espoir.....

La présence de don Aurélio, la
convalescence du chevalier et la pa-
ternité prochaine de M. de Saint-
Yves , étaient autant de sujets de joie
que ce dernier voulut consacrer par
un jour de réjouissance ; un acte pré-
médité devait le terminer, et rendre
Astolfe à la liberté qui lui avait été
promise. Toutefois cette intention
resta secrète entre le comte et Lydie.

On fit trève aux tristes souvenirs, aux
appréhensions fâcheuses ; le chevalier, revenu des portes du tombeau,
mais non affranchi de toute douleur
morale, se prêta pourtant de la meil-
leure grâce du monde au désir de ses
hôtes, et Lydie s'occupa des prépara-
tifs de cette petite fête. Ils se ressen-
tirent de son goût pour la magnifi-
cence et de son penchant à la pro-
fusion qu'une fortune immense la
mettait à même de satisfaire. L'habitude plus que la vanité agissait
dans le cœur de Lydie inaccessible
à tout sentiment froid. Innocente
gaîté, joie vive et pure, bonheur de
s'occuper du plaisir des autres, il
n'en fallait pas tant pour exalter sa
jeune et mobile imagination. Elle

créait donc, embellissait et changeait
encore ce qu'elle avait cru parfait en
grâce et en invention.

Enfin le premier du mois d'août
la vit matinale, légère et belle comme
l'aurore qui l'avait à peine devancée.
Elle descendit dans les jardins,
visita chaque endroit destiné à recevoir ses amis, jouissant d'avance
de leur surprise et de leur satisfaction : il n'y avait plus pour Lydie ni
veille ni lendemain ; elle vivait dans
le présent. Doux avantage de la jeunesse! que la philosophie sait rendre
parfois aux pauvres humains, mais
jamais avec les mêmes illusions!...

Toute la société des environs avait
été invitée à se rendre à l'habitation
de M. de Saint-Yves, et s'y trans-
porta en effet, autant par politesse

que par curiosité. Une réception
gracieuse et franche l'y attendait. On
vit arriver de graves colons au teint
basané, accompagnant leurs épouses
indolentes et pour la plupart jolies,
au parler doux et enfantin, de jeunes
filles, dont les regards langoureux
et vifs à-la-fois semblaient avoir
emprunté au soleil l'ardeur de ses
rayons. De jeunes garçons, des enfans, suivaient leurs parens; ils pré-
sentaient l'aspect d'une nature riche
et précoce, et réunissaient des sensations hâtives avec les goûts de
l'enfance; leur costume simple, leurs
mouvemens aisés et joyeux annonçaient dès l'abord une éducation naturelle et libre. Tels étaient les
différens groupes sur lesquels l'œil
observateur pouvait s'arrêter non

sans quelque plaisir. Un grand nombre d'esclaves, de chevaux, d'équipages, formait un cortége pour chacune des différentes familles. On leur servit un repas délicat et bien ordonné, où se déploya tout le luxe de l'Amérique : l'or, le cristal, contenaient les vins exquis, les fruits, les fleurs ; une musique excellente préparait les cœurs à l'harmonie morale, lien imperceptible des hommes en société, et l'on goûtait cette aimable liberté dont l'influence gagne et prévient les âmes : enfin les attentions pleines de cordialité des maîtres de la maison, tout contribua à rendre cette journée rapide et à en faire savourer les instans.

Don Aurélio lui-même s'était dépouillé de cet air austère et imposant

qui l'abandonnait peu ; ses paroles
quoique rares, étaient obligeantes,
et loin de contraindre la gaieté , son
approbation était un encouragement
au plaisir général ; le jeune frère
dominicain , que l'on nommait Emmanuel , se croyant confondu au
milieu de la foule,portait plus souvent
ses yeux avides sur la belle créole, et
ses paupières, baissées par une habitude d'humilité dévote , osaient se
relever avec une ardeur que le pour-
pre de ses joues décelait plus encore
que ses regards. Il est vrai que jamais
Lydie n'avait été aussi séduisante
que dans cette journée. Ses cheveux
blonds flottaient négligemment sur
ses épaules, mais étaient régulière-
ment séparés sur son front ; ceint
d'une couronne de roses des champs,

légèrement vêtue à cause de l'extrême chaleur , chacun de ses mouvemens dessinait les contours de sa
taille , et il semblait pourtant qu'un
voile de pudeur couvrît sa tête et son
sein , quoiqu'ils fussent nus et sans
ornement. Sa pose était toute virgi-
nale , son sourire modeste ; son col
un peu penché annonçait à la fois
l'envie d'admirer et l'oubli de plaire.
Quelques mois encore et la charmante
créole aura toutes les grâces d'une
jeune mère. Elle en a déjà l'orgueil,
et ce sentiment intime qui fait battre
son cœur ajoute encore à ses charmes
en les animant davantage.

Les personnes qui avaient conçu
quelques préventions désavanta-
geuses, fondées sur cet amour de
solitude commun aux deux époux,

commencèrent à soupçonner que le
bonheur habitait au milieu d'eux,
que leur genre de vie ne tenait ni
au dédain pour les autres, ni à aucune
affectation d'originalité. Ils décou-
vrirent que la vie intérieure peut être
remplie d'attraits avec une femme
telle que Lydie, et la bienveillance
revenant avec l'équité, on vit régner
l'estime et la concorde entre des voisins qui, jusqu'alors, s'étaient peu
connus et n'avaient pu s'apprécier.

Le chevalier de Valmire s'était fait
présenter aux convives sous son véritable nom et sous les titres distinc-
tifs de sa famille. Son naufrage sur les
côtes de Saint-Domingue, le seul de
ses malheurs dont il fut question, lui
attira des témoignages d'intérêt de
toutes les personnes présentes ; quant

à lui , il eut le soin de s'informer de leur rang, se rapprocha involontairement peut-être de celles qui faisaient partie de la haute noblesse, et puisqu'il faut l'avouer, ses civilités furent en proportion de la considération que chacune d'elles lui inspirait.

La petite favorite de Lydie, qui avait son franc - parler, disait que l'étranger qui était devenu le meilleur ami de la maison, était maintenant bien aimable, et bien beau, mais qu'elle l'aimerait mieux encore s'il n'avait pas les cheveux comme un vieillard du pays des blancs.

Cette naïveté amusa toute la compagnie, et le chevalier sut entendre la plaisanterie et y répondre avec une finesse d'esprit vraiment fran-

çaise. Son ton aisé et rempli d'élé-
gance, rappelait la cour la plus po-
licée de l'Europe; et en donnait
l'idée à ceux qui n'avaient point été
en position d'en juger.

La gaîté passagère à laquelle se
livra l'exilé, fut troublée par un
retour sur le passé ; il jeta un coup-
d'œil sur ses lugubres vêtemens, et le
sourire qui venait d'effleurer ses
lèvres expira aussitôt...... Son cœur
se gonfla, il n'acheva point le mot
qu'il allait prononcer, et un profond
soupir le remplaça..... O France !
ô ma patrie ! s'écria-t-il, et son âme
avait traversé les mers!.. M. de Saint-
Yves le comprit, et tous deux se
regardèrent d'une manière signifi-
cative.

Dans ce moment on proposa divers

toasts, et pendant que chacun se livrait aux douces impressions de la joie, que chacun nommait en triomphe son épouse, son amante..... que d'autres prononçaient à demi-voix des vœux plus secrets et moins doux, les deux compatriotes buvaient au retour du bonheur dans leur chère patrie.

Rien de ce qui partait du cœur n'échappait à Lydie : elle s'aperçut de leur émotion et cherchait déjà les moyens de la dissiper, lorsqu'un souhait unanime se fit entendre. On conjurait la belle créole de prendre sa harpe et d'y mêler les doux accens de sa voix. Elle se rendit à cette invitation, qui pouvait servir à consoler ceux qu'elle voyait souffrir. Après quelques instans de méditation et de

silence , Lydie chanta des paroles
de paix , propres à ramener une
confiance éteinte , à relever un courage abattu ; elle peignit la douleur,
pour avoir ensuite le droit de l'a-
doucir. Son organe sérieux et tou-
chant avait la mélodie du psaume ,
et quand elle exprima les peines de
l'exil et le retour du banni sous le
toît de ses pères , Lydie rappelait à
la mémoire ces anges envoyés du
ciel , dans les premiers tems du
monde, pour consoler les mortels et
leur promettre de beaux jours.

Soit que ce chant fût l'effet d'une
inspiration ou d'un souvenir , il fut
reçu avec enthousiasme , car l'expression de l'âme est la langue univer-
selle , et chacun applaudit à sa simplicité : après avoir préludé quelques

instans , voici les paroles qu'elle fit
entendre :

L'EXILÉ (*).

Proscrit sur un lointain rivage ,
Un Français, sa lyre à la main ,
Assis sur un rocher sauvage,
Tristement chantait ce refrain :

    Noble et douce patrie !
    Mère ingrate et chérie !
    Pour moi plus d'heureux jours ;
       Adieu ,
    Je te fuis pour toujours.

(*) Cette romance est de M. Aristide Tarry.

Pour ta gloire je pris les armes,
Je bravai mille fois la mort;
Pour toi je sens couler mes larmes,
Et pour toi je mourrais encor.

Noble et douce patrie!
Mère ingrate et chérie!
Pour moi plus d'heureux jours;
Adieu,
Je te fuis pour toujours.

Belle France! reine du monde!
Puisses-tu goûter le repos!
Moi, seul, dans ma douleur profonde,
Je ferai redire aux échos:

Noble et douce patrie!
Mère ingrate et chérie!
Pour moi plus d'heureux jours;
Adieu,
Je te fuis pour toujours.

Mais si jamais (douce espérance!)
Tu me rappelles dans ton sein,
Oubliant ma longue souffrance,
Je chanterai ce doux refrain:

> Noble et douce patrie!
> Sur ta terre chérie
> Je suis donc de retour!
> Salut:
> Voici mon plus beau jour!

CHAPITRE VII.

Le chevalier de Valmire avait pressé
en silence la main de M. de Saint-
Yves, et regardait sa jeune épouse
avec un sentiment plus qu'admirateur. Son chant avait cessé ; mais il
laissait après lui la doūce suavité du
calme qui suit les horreurs de la tempête, et l'heureux présage qu'il offrait
avait pénétré surtout le cœur de
l'exilé ; dans son transport il s'écria
en indiquant Lydie :

—Ah ! c'est plus qu'une femme, et

sous ces traits charmans, réside le génie des consolations.

—Puisse-t-il guérir les cœurs affli-
gés qui daignent se confier à lui! répondit M. de Saint-Yves.

—— Ces enchantemens sont doux
comme l'espérance, reprit le chevalier.

Pendant ce court dialogue chacun
applaudissait au talent de la belle
créole, et elle, pensait seulement, en
voyant le sourire renaître sur les
lèvres de son époux, que son but était
rempli.

Personne n'avait été oublié dans
cette petite solennité, et les nombreux
esclaves appartenant à M. de Saint-
Yves ainsi que ceux venus des habitations voisines, à la suite de leurs
maîtres, furent réunis sous une tente

où ils furent traités splendidement ;
après le repas ils se mirent à danser
entre eux.

La sévérité de Gonzalès, l'état de
Lydie et le deuil du chevalier furent
autant de raisons qui ne permirent
pas d'offrir à la société de prendre le
même divertissement, et l'on songeait
à y substituer d'autres plaisirs, lorsque quelqu'un parla d'aller s'amuser
un instant de la danse des noirs, dont
les attitudes grotesques et les gestes
expressifs formaient un spectacle assez
curieux. Cette proposition inspirée
par M. de Saint-Yves fut agréée de
tout le monde; toutefois l'étonnement
fut extrême lorsqu'on vit des siéges
disposés en amphithéâtre dans une espèce d'arène où se tenaient les esclaves; elle était ornée de feuillages et

éclairée de mille lumières; le son des instrumens, adroitement ménagé, parvenait jusqu'à ce lieu couvert, et, garni de riches tapis, il parut tellement enchanté que l'on soupçonna n'y avoir point été attiré sans dessein, et l'on se décida à y passer le reste de la soirée.

Aux ris, aux chants succéda la conversation; les nègres s'étaient assis, après s'être livrés quelques instans à leur exercice favori. Jusque-là les projets de M. de Saint-Yves avaient réussi comme il l'avait souhaité: cependant il avait fait demander Astolfe et ce dernier ne venait pas......
Toutefois, à force de recherches, on parvint à le découvrir. Il travaillait au berceau de Lydie et s'occupait de l'arrangement de ses fleurs. Ennemi

du grand monde et du bruit, trop
fier pour partager les plaisirs des esclaves et trop indifférent pour en être
témoin, il s'était enfui aussitôt que
ses services étaient devenus inutiles à
Lydie, et, se tenant à l'écart, il
n'avait point paru de la journée. Lorsqu'il reçut l'ordre de son maître, il
s'y rendit néanmoins avec empressement, et quand il arriva près de lui,
l'attention de l'assemblée était cap-
tivée par une anecdote intéressante
racontée par M. de Valmire. Pour
l'entendre, la jeunesse folâtre avait
interrompu ses jeux; quelques esclaves s'étaient insensiblement rappro-
chés du narrateur, et Astolfe restait
debout à côté de M. de Saint-Yves,
qui l'y avait retenu. C'est alors que
réclamant un moment de complai-

sance de la part de l'auditoire , M. de
Saint-Yves dit qu'il voulait à son tour
rapporter un trait dont il pouvait at-
tester l'authenticité , et demanda
d'avance quelque excuse sur la nécessité où il serait de parler de lui-même.
Chacun n'en fut que plus disposé à
l'écouter , et il commença ainsi :

« Il y a quelques années que passant
en France pour y revoir la comtesse
de Saint-Yves , ma mère (dont j'é-
tais séparé par une suite de circonstances fâcheuses) , j'emmenai avec
moi un jeune garçon à peine adoles-
cent : esclave presqu'à son entrée
dans la vie , il n'avait point connu
d'autre condition ; j'en fis l'acquisition , et des travaux les plus rudes,
des traitemens les plus odieux , il
passa tout-à-coup à l'existence assez

douce dont jouissent la plupart des domestiques en Europe ; j'attachai celui-ci uniquement à mon service. Son caractère original, sa physionomie pleine de feu et d'intelligence, et l'attachement qu'il me témoignait, plurent singulièrement à ma mère; elle me pria de le lui laisser au moment de mon départ. Trop heureux d'avoir cette occasion de lui être agréable, je m'empressai de lui donner ce jeune esclave, qui sut bientôt répondre à ses bontés et les mériter. Vigilant, zélé, ponctuel, il devinait ses moindres désirs et s'y conformait avec une obéissance qui avait tout le charme de l'attachement. Ce n'était point par une servile complaisance ou par la flatterie toujours séduisante, qu'il réussissait à

se faire aimer ; loin de là , une indis-
crète franchise dictait ses paroles ,
et rien n'était plus commun que
d'entendre sortir de sa bouche de
dures vérités adressées directement
à ceux qu'il avait le plus d'intérêt à
ménager. Cet esprit à demi sauvage,
mais exempt de toute duplicité ,
paraissait n'être que l'instinct d'une
nature heureuse , animée d'un sentiment droit de vérité et de justice.
Étranger aux usages , aux habitudes
des hommes civilisés , notre jeune
esclave était un censeur rigoureux
de leurs actions sans le savoir, et
d'autant plus piquant qu'il n'y mettait ni intention ni malice ; il lui
arrivait de faire rougir d'eux - mêmes
ceux qui provoquaient ses questions
ou ses réponses : elles étaient hardies,

toujours imprévues , et jetaient par
fois un jour effrayant sur la nudité
morale de ceux qui l'interrogeaient
par forme de divertissement.

» On ne le nommait que le *petit
Sauvage*. Appelé au milieu des cer-
cles nombreux de la Comtesse , il
offrait un spectacle singulier de ci-
nisme et de candeur, qui avait le
grand attrait de la nouveauté et
faisait une espèce de réputation au
jeune esclave : usant de la liberté
qui lui était accordée , il se permettait tout ; je me rappelle, entre autres,
qu'un jour il demanda à un Colonel,
décoré de plusieurs ordres , qui attes-
taient d'autant sa bravoure , ce qu'il
pouvait faire de ces joujoux toujours
pendus à sa boutonnière ? Si c'était
pour le distraire de ses maux , il

trouvait que c'était un plaisir bien
petit et bien monotone , dont un
enfant même ne se contenterait pas ;
et lorsqu'il entendait dire que pour
se rendre digne de porter ces signes
d'honneur , on risquait cent fois sa
vie , il riait d'un air d'incrédulité
et traitait sans façon de *fous* ou de
malades ceux qui le lui affirmaient.
S'il voyait (comme c'était alors l'usage
en France) des mouches au visage
d'une jolie femme , de la poudre
blanche dans ses cheveux et du rouge
sur les joues , il la plaignait de ses
infirmités , lorsqu'elle s'attendait à
son admiration pour cet éclat sur-
naturel. Les jeunes enfans de son
âge ne le surprenaient pas moins, et sa
pitié pour eux était extrême de ce

qu'ils n'osaient parler , marcher , ni même penser librement.

» — Ah ! je le vois , disait-il , vous êtes comme nous des esclaves et presque aussi malheureux que ceux d'Amérique !..

» Il soupirait sur leur sort, en s'indignant surtout qu'on s'attachât à leur ôter toute vigueur morale et physique , si nécessaire , prétendait-il encore, pour supporter la condition cruelle à laquelle il les croyait réduits.

» Cet enfant extraordinaire ne pouvait se pénétrer de la différence qui existe entre l'habit brodé d'un duc et celui à livrée de son valet. Si celui-ci , souvent plus jeune et plus agile que le maître , se laissait frapper par lui, il demandait pourquoi avec une figure blanche et de beaux habits il ne commandait pas à son tour et souffrait le traitement d'un nègre pauvre et dépouillé.

» Cette ignorance totale des lignes de démarcation et des droits relatifs à chaque individu, donnait matière aux plaisanteries les plus comiques et amusa pendant long-temps les mêmes personnes. Mais enfin les observations du petit sauvage choquèrent quelques grands esprits: d'ailleurs on se lasse de tout et il cessa d'être à la mode. La comtesse, qui n'avait pas mis à ce jeu plus d'importance qu'il n'en méritait, l'interdit dès qu'il parut déplaire. Toutefois, en s'amusant du jargon naïf de l'enfant, elle seule avait deviné son âme ardente et son cœur sensible : elle ne s'était pas trompée ; dès-lors, elle s'était promis de l'élever, non comme un bouffon salarié, mais de le rendre propre à honorer le nom d'homme, même dans la situation où le sort l'avait placé.

» L'éducation civilisa donc son âme sans lui ôter son énergie primitive ; sérieux et réfléchi par nature, il conçut les idées des autres avec facilité, et s'en appropria quelques-unes ; curieux de savoir, plein de sagacité, et n'ayant aucune notion des choses dont on cherchait à l'instruire, rien de faux n'obstruait sa mémoire ni son jugement. Il devint en peu de temps ce que sont les jeunes gens à la longue, c'est-à-dire l'ouvrage de l'exemple et de l'imitation.

» De l'instruction, quelques talens furent les premiers bienfaits de sa protectrice; elle en recueillit le fruit lorsque la raison et surtout le sentiment eurent fait connaître au jeune esclave le prix de tant de bontés et le plaisir attaché à la reconnaissance.

» La cause qui retenait la comtesse loin de sa famille devint plus alarmante : un cancer au sein, pour lequel elle avait consulté les docteurs les plus experts de France, en détruisant sa santé, lui causait pour l'avenir les plus graves inquiétudes. Elle avait éloigné sa fille, en lui laissant l'espérance de la revoir bientôt en Amérique; moi-même j'étais trompé sur ses souffrances, et lorsque dans différens voyages j'allai m'assurer de sa situation et l'engager à

I.   14

revenir près de ses enfans dont elle
avait ordonné l'absence, ma mère
ne me laissait point voir ses douleurs
et s'applaudissait de l'effet des re-
mèdes qu'elle employait. Elle colo-
rait ainsi la longueur de son séjour
en France, et me forçait à en aimer
le prétexte; cependant son mal avait
fait de cruels ravages, et ma sœur et
moi l'ignorions! Nous nous livrions à
la confiance d'une guérison prochaine, tant elle prenait de soin à
nous cacher son état. Un seul être
en était le confident, le constant témoin; c'était son esclave, alors âgé
de quinze ans. La société était devenue importune à ma mère, elle ne
voyait plus que sa famille, peu nom-
breuse et qui habitait Paris ainsi
qu'elle; du reste elle vivait de cette

espérance qui luit toujours pour les
malheureux ; son âme était de celles
qui dédaignent la plainte et couvrent
leurs maux de la solitude et du silence.

»Pourquoi suis-je obligé de revenir
aujourd'hui sur ces détails pleins d'a-
mertume !.... continua M. de Saint-
Yves. Mais c'est à la mémoire même
de ma mère que je dois le courage
de remplir la tâche que je me suis
imposée. Dégagée de toutes douleurs
humaines, ah ! puisse-t-elle sourire
du haut du ciel au moyen dont je
me sers pour rendre hommage à ce
qu'elle aima pendant sa vie ! »

M. de Saint-Yves s'était levé en
prononçant ces mots, une respectueuse tendresse rayonnait dans ses

14*

yeux élevés vers la demeure des bons
qui ne sont plus ! Le plus grand calme
régnait autour de lui , et chacun pourtant se regardait avec curiosité comme
pour se demander que va-t il dire? de
qui veut-il parler ?.....

Il se rassit enfin et continua ainsi :

« Le jeune esclave parut avoir pris
une âme nouvelle au moment où il
devint nécessaire d'aider , de consoler sa bienfaitrice ; ses facultés sem-
blèrent lui appartenir , et les talens
qu'il avait acquis lui furent consacrés.
Tantôt lisant près d'elle , il interrom-
pait le cours d'idées importunes , tantôt sous sa dictée il écrivait les lettres
qui devaient charmer et rassurer ses
enfans..... Que de fois elle s'endormit
à sa voix ou au son de la harpe , qui

était l'instrument favori de ma mère,
et ne pouvait plus, hélas! résonner
sous ses doigts!

» Le jour il soulageait ses peines,
essuyait les larmes d'angoisses que la
douleur faisait couler sur ses joues
pâles et amaigries. La nuit, souvent
à l'insçu de la comtesse, il restait à
terre, couché sur un simple tapis, se
dérobant au sommeil ou s'éveillant au
moindre soupir qui appelait une con-
solation; à genoux près de son che-
vet, il priait, cet enfant à qui elle
avait appris à connaître, à aimer Dieu,
et le disciple soutenait l'apôtre dont
l'âme, hélas! était trop remplie d'af-
fection pour ne pas donner un regret
à la terre qu'elle se sentait prête à
quitter.....

» Cependant les plus célèbres chi·

rurgiens ne voyaient aucun moyen d'arrêter les progrès d'un mal toujours croissant. Ils avaient prononcé ce triste arrêt à la comtesse de Saint-Yves, en lui conseillant l'amputation comme unique ressource de guérison. Mais elle, qui possédait si éminemment ce courage moral qui sait dérober à ce qu'on aime la connaissance de ses maux, et trouver presqu'un soulagement dans cette généreuse imposture, s'effrayait à l'idée de conserver sa vie au prix d'une douleur physique qui révoltait ses sens et son imagination.

» Les jours s'écoulaient avec vîtesse, ils amenaient pour elle de nouveaux dangers, de nouvelles terreurs !..... C'était en vain que son esclave cherchait à la familiariser avec un événe-

ment qu'elle redoutait plus que la
mort; désespéré de la trouver si faible
quand tant de fois il l'avait vue héroïque , il alla jusqu'à s'ouvrir le sein
en sa présence et l'assurer en souriant
que l'appréhension du supplice exa-
gérait le supplice même , enfin que
cet essai était à peine un mal..... Ma
mère, surprise et touchée de cette action dont l'intention était si belle et
si tendre , se laissa vaincre et accor-
da au plus noble attachement ce que
les raisonnemens n'eussent peut-être
point obtenu d'elle ; elle promit de
se soumettre à l'opération cruelle qui
lui était conseillée , et son cœur se
fortifia de l'exemple courageux qu'elle
avait reçu d'un enfant. Celui-ci avait
bien jugé la comtesse , elle était sus-
ceptible d'impression profonde , et

dut à cette impression même des forces qui ne la trahirent pas au besoin. Ce ne fut point assez pour l'incomparable jeune homme ; il voulait encore épargner à sa bienfaitrice l'excès des souffrances trop réelles qui l'attendaient. C'est alors qu'il se rappela le secret d'un poison qu'il tenait des nègres d'Afrique , lequel combiné par petites doses, anéantissait toute sensation physique, sans toutefois endormir ceux qui en faisaient usage. Les malheureux noirs employaient ce moyen pour engourdir leurs membres, souvent livrés aux plus affreux tourmens par d'impitoyables ennemis. Le jeune esclave parvint à se procurer les plantes dont le suc avait une propriété si merveilleuse, il ne s'agissait plus que d'en faire la prépa-

ration et d'essayer l'effet du breu-
vage, au risque de s'empoisonner. Il
en fit avec intrépidité l'épreuve sur
lui-même ; elle faillit lui devenir funeste, et l'infortuné, après d'horribles
convulsions, ne se réveilla plus que
pour revoir sa maîtresse heureusement remise de l'opération qu'elle
avait subie. Des soins inexprimables
avaient été prodigués en même temps
au jeune esclave, et à force de questions et de prières on apprit enfin son
imprudente tentative, fruit d'un dévouement sublime.

» Rendu à sa maîtresse, l'esclave put
se livrer à toute sa joie, car elle était
sauvée!.... Nous reçûmes cette nouvelle dégagée des alarmes qui en auraient accompagné l'attente, et le bonheur fut encore connu de notre fa-

I.   15

mille ! Nos cœurs se portaient vers la
France , ils se promettaient une plus
entière félicité, celle d'embrasser une
mère adorée.

» Impatient de m'assurer par moi-
même d'un événement à peine croya-
ble , et presque méfiant depuis que
ma mère nous avait trompés , ma
sœur et moi , par excès d'amour , je
m'embarquai. Je la revis.... Je pres-
sai aussi dans mes bras cet enfant qui
s'était rendu aussi grand à mes yeux
que cher à mon cœur. La comtesse
me raconta ces traits inouis d'attachement et de fidélité.

» Ah! mon fils! me dit-elle, sans lui
je ne vous eusse plus revu! et ses
regards maternels se reposaient sur
lui avec reconnaissance. L'esclave et
le maître étaient alors comme deux

amis, dont l'un plus favorisé par le sort, peut embellir la destinée de l'autre ; mais ma mère se chargea du soin de récompenser l'être délicat et tendre qu'elle avait si bien appris à connaître ; seulement elle me fit le confident de ses projets et en remit l'exécution à son premier voyage à Saint-Domingue.

» Cependant l'air de la mer fut long-temps défendu à la comtesse, et toujours commandé par mes intérêts et les siens, j'avais été de nouveau forcé de me séparer d'elle ; toutefois je me réjouissais de lui présenter bientôt mon épouse, ma Lydie, à qui elle avait accordé le doux nom de fille, et je me livrais à cette prochaine espérance.... Un destin rigoureux en avait ordonné autrement, une mala-

15*

die aiguë m'enleva cette mère chérie
au moment marqué pour notre réunion.... O regrets amers ! souvenirs
trop cruels !.... Ce fut encore son
pauvre esclave qui la remit au tombeau ; ses mains l'avaient placée dans
le cercueil (elle l'avait exigé), le lin-
ceul funèbre fut humecté de ses
pleurs , lui seul avait recueilli son
dernier soupir.

» Bien des semaines après, nous ap-
prîmes la perte douloureuse que nous
avions faite ; nos larmes commencèrent à couler.... L'esclave, moins à
plaindre, pouvait du moins répandre
des pleurs sur la tombe de celle qu'il
avait aimée. »

Ici M. de Saint-Yves s'arrêta , il
pressa la main d'un jeune homme
qui paraissait suffoquer à ses côtés,

et qui, plusieurs fois, avait tenté
de fuir; puis avec un effort qui semblait tenir de l'exaltation et de la
douleur, il s'écria : Cet esclave fidèle,
cet enfant courageux et dévoué, est
homme maintenant; le voilà ! Oui,
c'est lui, dit-il, en montrant Astolfe,
confus et intimidé. Son maître le
retenant avec force, continua : «C'est
lui qui, dans un âge encore tendre,
montra cette constance héroïque qui
n'appartient qu'aux grands caractères !

» Empressé d'acquitter la dette
de la reconnaissance et de remplir le
dessein que ma mère m'avait confié,
je lui rendis sa liberté et lui envoyai
le pouvoir de toucher une somme assez
considérable pour ajouter le bonheur
à son indépendance; des témoignages

d'estime et d'amitié accompagnaient ce don, que je trouvais trop faible en proportion du sentiment qui avait touché mon âme........ Quel ne dut point être mon étonnement, quand, au bout de quelques mois , je vis arriver mon jeune mulâtre ?

— Je viens, me dit-il , reprendre mon esclavage ; que ferais-je de ma liberté , de l'or que l'on a voulu me donner ? avec des indifférens peut-on jouir de tant de biens ? Si vous voulez mon bonheur , ô mon cher maître ! gardez-moi près de vous : je serai votre esclave comme j'étais celui de ma bonne maîtresse ; mais je me croirai votre enfant.. Ailleurs je serais seul..je n'aimerais personne, et je mourrais.

«Ces mots qui partaient d'un cœur

ardent et sincère , étaient faits pour pénétrer le mien ; je sentis qu'il est des choses que l'âme peut seule payer dignement , et je pensai qu'en me privant d'un serviteur fidèle , je refuserais un ami. »

A ces paroles , un bruit spon- tané interrompit M. de Saint-Yves; les larmes qui avaient coulé pendant ce récit s'arrêtèrent ; une généreuse impatience se fit connaître par un murmure général et des applaudisse- mens répétés ; on s'écria de toutes parts :

— Astolfe a mérité la liberté et l'amitié de son protecteur.

Les esclaves eux-mêmes disaient hautement :

— Astolfe , bon , meilleur que nous , doit être aussi plus heureux!..

Ce concert harmonieux de félicitations était un véritable triomphe
pour le mulâtre ; tous les regards se
portaient sur lui avec attendrissement et exprimaient à la fois l'intérêt
et l'admiration. Pour lui , pénétré,
saisi , il se soutenait à peine ; toutefois l'excès même de son émotion
avait fait disparaître son premier embarras ; il sentait trop , il ne voyait
plus rien ; et lorsque M. de Saint
Yves répéta :

— Oui , oui, Astolfe est libre , tel
fut le vœu de sa généreuse protectrice.

Cette justice éclatante l'éleva
tout-à-coup à ses propres yeux , on
eût dit qu'il entrait dans une sphère
nouvelle , et que , dégagé du poids
de l'esclavage , il respirait plus librement.

Lydie, d'un air solennel, et rap-
pelant un usage antique, prit une
coupe d'or, la remplit de vin, y porta
ses lèvres et la présenta à Astolfe
en lui disant....

— Vous êtes maintenant affranchi
de toute servitude et l'égal des hommes vertueux et honorés !

Un esclave né en Grèce, for-
mant à la hâte une couronne de
chêne, la posa sur la tête du jeune
homme, comme pour rendre hommage
à ses vertus civiques. Il se rappelait
en soupirant l'ancienne coutume
usitée dans sa patrie, et chacun applaudit à ce souvenir si heureusement
retracé.

Don Aurélio, froid observateur de
cette scène, et à qui les détails
n'échappaient point, remarqua, non

sans surprise, avec quelle dignité le
jeune héros recevait tant d'honneurs.
En effet, pendant qu'un noble orgueil
brillait dans toute sa personne, la
candeur siégeait sur son front; un
air mâle, une expression fortement
prononcée, une attitude gracieuse,
quoique sévère et modeste, tel était
l'ensemble qu'offrait le mulâtre à la
vue des spectateurs charmés. Jusque-
là son âme exaltée put supporter son
bonheur; mais quand Lydie lui présenta sa main à baiser et termina
ainsi cette cérémonie touchante, Astolfe prosterné à ses pieds, le cœur
palpitant et prêt à succomber sous
le poids de ses sensations, n'osa goûter la faveur suprême qui lui était of-
ferte, et les doigts de Lydie furent à
peine effleurés de son haleine brûlante.

M. de Saint-Yves le rappela à lui
en le pressant contre son sein ; le
chevalier en fit autant et redisait avec
sensibilité : Et moi aussi je sais comment il sait aimer ! !....

Astolfe reçut tour à tour les
félicitations des personnes présentes
qui avaient applaudi de bon cœur à
cet acte solennel, et put enfin re-
mercier son bienfaiteur, qui, en lui
remettant comme propriété le porte-
feuille qu'il avait une fois refusé, le
nommait intendant-général de ses
possessions en Amérique, et venait
par-là de l'attacher pour jamais à lui
d'une manière honorable.

Cette circonstance fut un double
sujet de fête pour les noirs, qui se
trouvaient ainsi délivrés de la ty-
rannie d'un surveillant difficile et

brutal, dont ils avaient long-temps
souffert. Ils n'attendaient avec raison,
d'Astolfe, qu'humanité, que modé-
ration. Celui-ci, au comble du bonheur, pensa d'abord à leur misère et
leur distribua quelqu'argent. Des
transports de joie, aussi naïfs que
bruyans, célébrèrent cet événement.

C'est par là que se termina cette
journée, qui avait présenté des sujets
de plaisir peu ordinaires, mais dont
tout le monde parut satisfait. Chacun
s'éloigna sans bruit, pénétré d'une
secrète satisfaction ; il semblait qu'on
eût besoin de calme et de recueillement pour mieux la goûter.

Ah ! c'est dans de pareils momens
qu'on peut juger que la vertu est res-
pectée de toute la terre ; sa sainte voix
répond dans tous les cœurs, même

des méchans ; ils honorent du moins
ce qu'ils n'ont pas le courage d'imiter,
et l'amour du beau est inné dans
l'homme.

CHAPITRE VIII.

Quand on se fut retiré, et qu'au souper M. de Saint-Yves se retrouva en famille (car le chevalier n'était plus regardé comme étranger), il fut accablé de questions, qui toutes avaient rapport au héros de la fête, et Lydie y satisfit en répétant ce qu'elle lui avait entendu raconter de son origine, des premières années de sa vie, et fit plusieurs réflexions sur les singularités et l'espèce de mystère qu'of-

frait cette histoire. En l'écoutant,
la figure de don Aurélio prit une
teinte rêveuse : elle ne fut pourtant re-
marquée que de l'attentif Henrico qui
le servait à table ; ce dernier changea
de couleur, et le cristal qu'il tenait
dans ce moment se brisa en s'échappant de ses mains tremblantes. Un
coup d'œil sévère du Dominicain
l'avertit de son trouble ; déjà il avait
maîtrisé le sien, et multipliant ses in-
terrogations sur Astolfe, il se fit redire
plusieurs parties de ses aventures.

— Rêveries ! dit-il alors froide-
ment, ce brave garçon a le cerveau
blessé, tout ceci me paraît être un jeu
de son imagination, si ce n'en est un
écart volontaire propre à inspirer l'intérêt, et du reste je n'y trouve pour
ma part nulle vraisemblance.

L'air de Henrico semblait dire, cela
n'est pourtant que trop réel, et je l'a-
vais soupçonné ! Mais son regard faux
et oblique, qu'il portait partout à la
fois, eût dérouté le plus fin observateur.

Cependant le bon et loyal chevalier répondait à Gonzalès qu'il n'é-
tait pas entièrement de son avis. J'ai
la plus grande confiance, lui disait-
il, aux souvenirs qui restent de l'enfance dans un âge plus avancé; à cette
époque de la vie, l'impression des
objets extérieurs est si forte, si nette,
qu'elle ne laisse rien d'infidèle dans la
mémoire. Pour moi, continua-t-il en
riant, je n'ai point visité certaine tou-
relle depuis que j'y passai mes premières années; hé bien, je sais encore
à quelle place se trouvaient les vieux

portraits de mes nobles ancêtres ; leur costume gothique m'est présent, je crois voir encore reluire aux rayons du soleil couchant leurs cottes de mailles, leurs armures ; cent souvenirs de cette importance me resteront, quand beaucoup d'autres plus récens m'auront abandonné, et l'on ne me persuadera jamais qu'ils soient l'effet d'un rêve.

— On aime, sous quelque forme que ce soit, à se rappeler ses aïeux, reprit Gonzalès d'un ton à demi ironique et faisant allusion au petit sentiment vaniteux du chevalier ; mais, observa-t-il judicieusement, lors même que les objets ne changeraient point, comme on ne les revoit pas long-temps avec les mêmes yeux, ils ne sont ou ne paraissent plus sem-

I. 16

blables ; la différence du jugement produit une véritable altération sur les choses, il en résulte qu'il y a beaucoup d'erreurs dans les souvenirs que l'on a crus les plus exacts.

— S'ils nous trompent quelquefois, ils nous donnent aussi de grands plaisirs, reprit Lydie, et moi je l'éprouve si bien, que je serais désolée si l'on m'enlevait mes illusions, dût-on par-là me rendre à la vérité.

— Parce que vous ne trouvez en vous qu'un bon témoignage de vos pensées et de vos actions, repartit M. de Saint-Yves, vous rentrez dans votre cœur avec joie, et n'y sentant rien de coupable, vous n'éprouvez pas le besoin d'accorder vos paroles avec votre conduite, effort pénible et souvent insuffisant ! Le méchant se

craint, se fuit, il ne peut supporter
la mémoire du passé et voudrait l'ef-
facer de sa vie, tandis que les autres
rapprochent et chérissent leurs souvenirs, quelqu'imparfaits qu'ils puissent
être, parce qu'ils semblent leur créer
une seconde existence.

— Je vivrai donc long-temps dans
le moment présent, répliqua Lydie
avec une grâce enchanteresse.

— Et il se retracera à mon dernier
jour sans avoir rien perdu de son
charme, continua le chevalier.

— Nos pensées constantes, reprit
don Aurélio, doivent se porter vers
l'immortalité ; le reste est futile et
passera comme un songe !...

— Ah ! mon oncle, lui dit Lydie,
voilà le sentiment qui ne trompera
jamais !... Et son air exprimait la piét é

16*

et la vénération. Pendant qu'Aurélio absorbé dans ses réflexions paraissait avoir oublié le premier sujet d'entretien, on y revint naturellement, et M. de Saint-Yves dit que la naissance présumée d'Astolfe n'ayant eu aucune part à la considération qu'il lui avait accordée, une erreur sur ce point n'avait ni inconvénient, ni valeur pour lui.

Quant à Lydie, elle convint avec son ingénuité ordinaire qu'elle se plaisait à croire l'esclave dévoué de sa mère adoptive, et maintenant son protégé, au moins fils d'un prince, lors même que, selon les apparences, il aurait été vaincu et dépossédé par quelque ennemi barbare.

Don Aurélio sourit malignement, et vanta le talent de sa nièce pour la

divination; puis quittant brusque-
ment son siége, il témoigna vouloir
se retirer, tandis que le chevalier
présenta la main à Lydie avec toute
l'aisance d'un courtisan. L'on se sépara
bientôt; la nuit était avancée, et
Lydie, lorsqu'elle fut seule, prit ses
tablettes avant de se livrer au sommeil, et y écrivit ces mots.

« Un beau jour dans la vie passe
comme le souffle du zéphire sur la
rose... Le zéphire reparaît, mais la
rose est fanée, les orages, les feux du
jour ont courbé sa tige légère.........
profitons du bonheur......... Qui sait
quand il reviendra, et alors si nous
pourrons en jouir? »

CHAPITRE IX.

—

Don Aurélio était rentré dans son appartement après avoir béni sa famille et reçu le salut d'usage. Le frère Emmanuel l'y attendait, et Henrico l'y suivit ; là ils firent en commun la prière du soir, et au bout de quelques instants le valet se trouva en tête à tête avec son maître. Alors, les portes bien fermées, et certain de n'être point troublé dans sa solitude, Gonzalès se laissa tomber sur un fauteuil.

—Henrico, dit-il d'une voix émue,

cet esclave, ce mulâtre, cet Astolfe
enfin, sais-tu qui il est ?...

—Je le crains.... bégaya le valet.

— Et moi, continua don Aurélio,
je viens d'acquérir la certitude qu'il
n'est autre que Zéliore....... M'expli-
queras-tu cette fatalité? Parle........
continua-t-il en interpellant Henrico
stupéfait, comment a-t-on osé trans-
gresser mes ordres, tromper mes desseins ?.....

—Je l'ignore, répondit enfin le
confident du Portugais; ainsi que
vous, mon révérend père, je ne
le croyais plus du nombre des vivans;
il faut que le ciel ait fait un miracle
en sa faveur : car, sur mon âme....

— Penses-tu qu'il m'ait reconnu ?
dit le moine préoccupé.

— Cela est impossible , repartit

vivement le valet, qui voyait la colère de don Aurélio se dissiper. Avant
de faire part de mes doutes à Votre
Révérendissime Seigneurie, j'avais
observé ce mulâtre dont la couleur
et le nom me ramenaient malgré moi
à l'époque où il était en votre puissance. Je fis plus, je le questionnai
avec adresse ; et quoiqu'il ne daignât
point répondre à toutes mes interpel-
lations, je jugeai clairement de son
respect pour vous comme oncle de
ses protecteurs, et combien il était
loin de penser que vous ayez eu la
moindre influence sur son sort. Je
finis à mon tour par perdre mes premiers doutes ; et quoique surpris du
hasard qui nous reproduisait ici un
Astolfe mulâtre aussi bien que l'enfant en question, certain de la mort

de ce dernier... Je n'y songeais plus, lorsque...

— Et cependant tû l'as entendu comme moi, interrompit Aurélio.... C'est lui!..... J'ai donc été joué..... trahi.... Et regardant Henrico avec un œil scrutateur et furieux, il continua : Peut-être le savais-tu ?....

— Moi! mon révérend père , je fais serment par ma conscience et par tous les saints du paradis, que vos ordres ont été remplis ponctuellement.... Le ciel.... ou plutôt le diable s'en est mêlé.... mais certes il n'y a point de ma faute , et si le frère Grégorio vivait encore....

— Il suffit.... reprit Gonzalès impérieusement; puis se parlant seul , il ajouta : O funeste caprice du destin ! être fatal à mon repos! ennemi de mon âme!.... faut-il avoir tant d'années porté le poids d'une faute... Que dis-je? d'un crime.... qui n'a point existé.... Quoi! ce Zéliore.... cet enfant que j'avais sacrifié.... il vit! il sort comme malgré lui de la poussière où il rampait, et pour comble de tourment, je le retrouve dans ma propre famille!....

— Et sur la route du bonheur, continua Henrico.

— Du bonheur!.... Non, non, reprit Aurélio avec un sourire amer....

Les discours qu'il s'adressait à lui-même étaient incohérens, le blasphème, les murmures souillaient cette bouche évangélique qui ne prononçait pour le monde que des paroles saintes.

Il eût été difficile de reconnaître dans cet instant l'apôtre des vérités

éternelles ; on voyait l'agitation , la
fureur , s'élever dans son âme et dé-
composer ses traits ; tout-à-coup une
exclamation sortit de son sein.

— Quelqu'un aura aperçu Zéliore
et l'aura sauvé....

Henrico se signa sans répondre.

— N'as-tu donc vu personne , aucune barque voguant dans l'ombre,
aucun pêcheur solitaire, lorsque Don
Grégorio et toi vous vous rendiez au
rivage de la mer avec l'enfant?...

— Il était nuit close, comme vous
le savez , je n'étais là que comme surveillant , répondit le valet ; rien ne
se fit entendre à mon oreille, que la
chute légère du corps de l'enfant
dans l'eau... Le frère me rejoignit
alors , en me disant que sa mission
était terminée....

17*

— Et tu ne me trompes pas?...

— J'en jurerais... si Dieu ne le défendait..répliqua l'hypocrite Henrico.

— Tu te rappelles les puissans motifs qui me commandèrent cette action décisive?...

— Vous m'avez dit que la gloire du ciel et l'intérêt de l'ordre... exigeaient ce sacrifice...

— Il est vrai.... Après quelques minutes de silence, il ajouta : Tout n'est point perdu; Zéliore, ou plutôt Astolfe, ignore son rang, son nom, ses droits; ses souvenirs sont incertains, tout l'éloigne de ce temps, dont il serait dangereux qu'il eût une idée distincte. Qu'il végète donc dans l'obscurité, ou qu'il meure.... mes desseins sont également remplis.....
Mais, Henrico, approche et écoute-

moi bien : ce jeune homme est fier, ambitieux sans le savoir ; le sang qui circule dans ses veines le portera vers les actions éclatantes ; le fana-tisme de la vertu règne dans son âme ; un autre sentiment dont j'ai surpris le secret, l'enflamme, le dévore; il sortira victorieux de cette épreuve qui tend néanmoins à élever son âme, et l'on doit tout attendre et tout craindre de ces êtres qui savent se combattre et se vaincre..... Aujourd'hui, pendant la cérémonie dont il était l'objet, j'ai lu dans son regard la joie, l'orgueil du triomphe.... Henrico, arrêtons-le dans cette nouvelle fortune ; empê-chons, s'il se peut, qu'il ne se distingue parmi ces hommes philanthropes et incorruptibles qui ne manquent point de classer honorablement dans

la grande société du monde ceux
qu'ils croyent dignes de leur estime.
Ces hommes comptent pour peu la
naissance et la fortune, et le mérite
pour tout. Ils sont rares; mais ils
existent.......M. de Saint-Yves a, sa
place parmi ces philosophes; s'il
soupçonnait la vérité dans cette circonstance, il serait capable de ren-
verser non-seulement mes projets,
mais de se déclarer mon propre ennemi, par le seul désir de venger son
semblable d'un tort qu'il s'exagérerait
encore. Conçois-tu les suites d'une
pareille tentative!.... J'en frémis!....
Arrêtons le mal dans sa source. Per-
dons Astolfe sans retour........Tu as
une négligence à réparer, un pardon à
obtenir; songe donc à me mieux servir.

— Votre Seigneurie me dira quelle

marche je dois suivre et jusqu'à quel point je puis faire usage des moyens que les circonstances pourront me suggérer.

— Sois prudent, repliqua Gonzalès, voilà ma principale recommandation ; rends Astolfe suspect à son ancien maître, odieux à la trop indulgente Lydie : qu'il s'éloigne ; qu'il soit enfin refoulé dans l'oubli dont un homme ne sort pas deux fois. Ceci est le but que tu ne dois point perdre de vue, atteins-le et je serai satisfait.

— Mes plans sont déjà dressés. Comptez sur moi, reprit l'officieux Henrico.

—Agis donc sans retard, dit à son tour Gonzalès : se saisissant alors d'un énorme rosaire qui était suspendu à sa ceinture, et le fixant pour dérober à son confident l'expression de sa physionomie, il continua : Sers fidèlement ton maître, Henrico, et après lui tu seras le mieux partagé en fortune, en honneurs ; on ne parlera jamais dans les deux mondes de don Aurélio de Gonzalès sans y joindre le nom de son brave et zélé serviteur.

— Que le ciel vous entende ! reprit celui-ci avec une feinte humilité, il en sera ce qu'il lui plaira !

Cette conversation dura une partie de la nuit ; elle exigeait quelques développemens qui devaient servir à l'instruction de Henrico, et se termina par les protestations de ce dernier, que son intérêt propre et le désir naturel du mal rendaient sincères.

Plus tranquille alors, don Aurélio

repassa dans son esprit ses motifs de sécurité. La mort du frère Grégorio, religieux de son ordre , le défaut de preuves en cas que Henrico vînt à le trahir , et sa réputation colossale, tout servit à le rassurer ; cependant le sommeil s'éloigna de sa couche , de noirs fantômes fatiguaient sa vue , et son imagination lui représentait des scènes effrayantes qui ne s'éloignaient un instant que pour se reproduire plus horribles encore. Gonzalès était criminel et connaissait le remords. Il était, hélas ! un triste exemple de l'inconséquence humaine. Après avoir cherché à expier la seule faute de sa vie par des actes continuels de pénitence, il n'était point parvenu à déraciner de son cœur la passion qui la lui avait fait commettre. Satisfait , il se

crut repentant ; abusé dans ses desseins , il reprenait le même désir de
consommer un crime qu'il avait long-
tems pleuré. O sentiment incompré-
hensible ! cependant , que personne
ne le nie : car il habitait dans un
cœur qui n'était pas sans vertu , il
dominait un esprit peu commun.

La suite nous apprendra ce qui
avait porté le docte Aurélio à former
une entreprise si hardie, et comment
Zéliore , aujourd'hui Astolfe , était
l'obstacle constant de son repos. Il
suffit maintenant de savoir que Gonzalès, doué de qualités éminentes,
pieux, chaste, plein de courage et
de générosité, avait flétri les vertus
de sa jeunesse par une seule erreur.
Dieu offensé l'abandonna; il perdit,
avec la paix de l'âme, cette indul-

gente charité qui caractérise l'homme évangélique. Pour conserver le respect universel , il devint hypocrite, et plus sévère pour les autres, afin que l'on ne pénétrât point sa propre faiblesse ; mais on ne ment point au ciel, et les tortures de sa conscience le lui disaient trop bien.

En retrouvant la victime qu'il avait vouée à la mort, Gonzalès sentit la crainte s'emparer de lui, et là sa punition commença. Peut-être l'âge avait-il amorti la passion qui, autrefois, avait égaré son cœur ; mais il fallait couvrir sa vie d'un mystère éternel, usurper toujours cette vénération qu'il ne méritait plus !... Telles furent les causes de la conduite présente de Don Aurélio et des recommandations faites à son vil agent. Ce dernier était Portugais de naissance, faux et malin par nature, superstitieux par ignorance, admirateur sincère de son maître, sans toutefois en être la dupe. Henrico se croyait un personnage important et s'appropriait une partie des hommages rendus à celui dont il possédait la confiance; jaloux par-dessus tout de cette faveur qu'il se faisait payer chèrement, flatteur, entreprenant, ainsi se montrait Henrico à son maître, qui, bien que honteux d'une pareille association, la souffrait par habitude et par nécessité.

Il ne fut pas difficile à ce serviteur, trop ami de l'intrigue, de découvrir le plus sûr moyen de nuire au jeune Astolfe; les méchans se devinent dès l'abord et se rapprochent par un ins-

tinct naturel. Henrico avait déjà
remarqué la haine de l'intendant dis·
gracié pour celui qui l'avait remplacé
auprès de M. de Saint - Yves : ce
nègre jaloux avait quelques raisons
de redouter la franchise du mulâtre;
et rien de tout ceci n'ayant échappé
à Henrico, il ne fallut plus que mettre
à profit cette découverte.

Renvoyé de l'habitation pour y
avoir mal usé de son pouvoir, l'ex-
intendant avait juré de se venger
de son ancien maître et de son nouveau protégé : déjà depuis long-temps
il nourrissait au fond de son cœur,
contre ce dernier, une secrète jalousie fondée sur les préférences que
lui prodiguait M. de Saint-Yves;
en conséquence il avait commencé à
jeter des doutes dans l'esprit de Ly-

die, et les avis qui lui étaient par-
venus ne venaient que de cette
source. Les mêmes menées se conti-
nuaient sans qu'on pût les découvrir;
mais le jour où Astolfe fut affranchi,
la rage de l'intendant ne connut plus
de bornes. Il apprit le triomphe
d'Astolfe, les cris de joie des esclaves
parvinrent jusqu'au lieu où il s'était
retiré; ils comblèrent son humiliation.

Henrico avait saisi la disposition
de cet homme ; sa disgrâce et son
immoralité lui donnèrent l'espoir
qu'il s'unirait à lui. Feignant de le
plaindre et de ne partager que son
ressentiment, il l'augmenta en gar-
dant toutefois son secret, ou plutôt
celui de son maître : l'intendant
servit donc d'instrument à Gonzalès,
et Henrico le faisait agir à son gré.

C'est ainsi qu'ils formèrent ce pacte
trop souvent indissoluble, par lequel
les êtres malfaisans jurent le malheur
des bons.

Cette réunion de circonstances
semblait se préparer pour accabler
le pauvre Astolfe au moment où le
bonheur venait de luire sur son
existence : plus occupé de ses protecteurs que de lui-même, concentré
dans ses pensées, ne portant toute
son attention que sur un événement
qu'il avait lieu de redouter, il ne
pouvait rien opposer à la malignité
dont il était l'objet, ni s'en garantir,
puisqu'il ne la soupçonnait pas. S'il
se rappelait l'avis mystérieux de
Lydie, c'était pour se livrer à la reconnaissance que lui inspirait sa
bonté touchante ; mais nulle inquié-

tude sur son propre compte ne trou-
blait son cœur.

Que pouvait-il craindre, en effet,
cet infortuné ? N'était-il pas familia-
risé avec le malheur ? n'avait-il pas
une âme forte pour la supporter ?
Peu de besoins, peu de désirs, Astolfe
était l'homme de la nature ; peu pré-
voyant sur son sort , tout entier dans
la jouissance présente , et vivant avec
lui-même , ce jeune sauvage avait
dans l'âme la vertu des philosophes
et ne s'en doutait pas.

FIN DU TOME PREMIER.

Imprimerie de GUEFFIER , rue Guénégaud.

www.ingramcontent.com/pod-product-compliance
Lightning Source LLC
Chambersburg PA
CBHW061503030726
47503CB00005B/1795